「出家」
寂聴になった日
長尾玲子
百年舎

「出家」寂聴になった日

目次

目次

「出家」寂聴になった日

装丁

装画＝横尾忠則

デザイン＝相島大地（Yokoo's Circus Circus）

はあちゃんのこと

「あれはないわよね、本当に」

母の恭子が繰り返し言う。

二〇二一年十一月九日に白寿で旅立った瀬戸内寂聴は、十一月十三日午後六時過ぎ、黒いリムジン型霊柩車に乗せられて、四十七年間暮らした寂庵から最期の旅に出発した。

はあちゃんの野辺の送りは、コロナ禍のために三人のお坊さんと二十七人の参列者という、本当に小さなお葬式だった。

長尾家では家族だけの時には、瀬戸内寂聴を「はあちゃん」と呼ぶ。

母・長尾恭子が、「はあちゃん」こと寂聴の思い出を私に話し出したのは、寂庵のお堂での家族葬から数日経ってからだった。

白山通りの後楽園遊園地交差点から本郷通りに向かって壱岐坂を上る途中、L字型に建つ二棟の建物がある。本郷ハウスである。

私は十四歳の暮れから八年間、その七〇二号室に両親と住んでいた。瀬戸内晴美は、同じ本郷ハウスの一一〇一号室を東京の仕事場兼住居としていた。

恭子は寂聴の十一歳年下の従妹、その娘が私、玲子だ。

私は、一九七〇年冬から二〇一〇年の年初まで、濃淡はあるが四十年間、晴美そして寂聴の文学創作に関わっていた。後半の十五年間は、秘書として行動を共にし、二日しか自宅に帰れない月もあった。

はあちゃんの母と私の祖母・ヨシコは五人兄弟姉妹の長姉と末妹。はあちゃんと私の祖母は姉妹の様に育った。祖母の母が早くに亡くなり、はあちゃんの母が母親代わりに祖母を育てたからだ。祖母は、はあちゃんの母を「オケネさん」、下の姉を「コネちゃん」と呼ぶ。大きい姉さん、小まい姉さんの略だと言う。私の母・恭子も同じように『オケネさん」、「コネちゃん」と呼ぶ。

祖母が小学校に上がる一九一四年夏に第一次世界大戦が勃発し、株が大暴落した。株券は紙きれ同然になり、家屋敷も田畑も人手に渡り、ばあややねいやたち、男衆には暇を出した。手元に残った金を元手に、祖母の父親は下の子ども三人を連れて、徳島市内の繁華街に米と果物を商う店を開いた。その店は、はあちゃんの母が指物職人の夫と始めた小さな家具屋の近くだった。

はあちゃんの母は女の子を二人産み、その次女がはあちゃんこと晴美である。

私の母・恭子は、祖母が病弱だったので幼い頃はあちゃんの母に預けられていた時期がある。太平洋戦争中は満州にいた祖父を、恭子は「満州のおじいちゃん」と呼んでいた。ウイスキーボンボンやクッキーをお土産に、ときどき満州から帰ってくる「満州のおじいちゃん」は、大柄で美男子だった、
恭子は古いアルバムをめくりながら、はあちゃんが出家した頃の本郷ハウスでの思い出を私に語った。

家系図

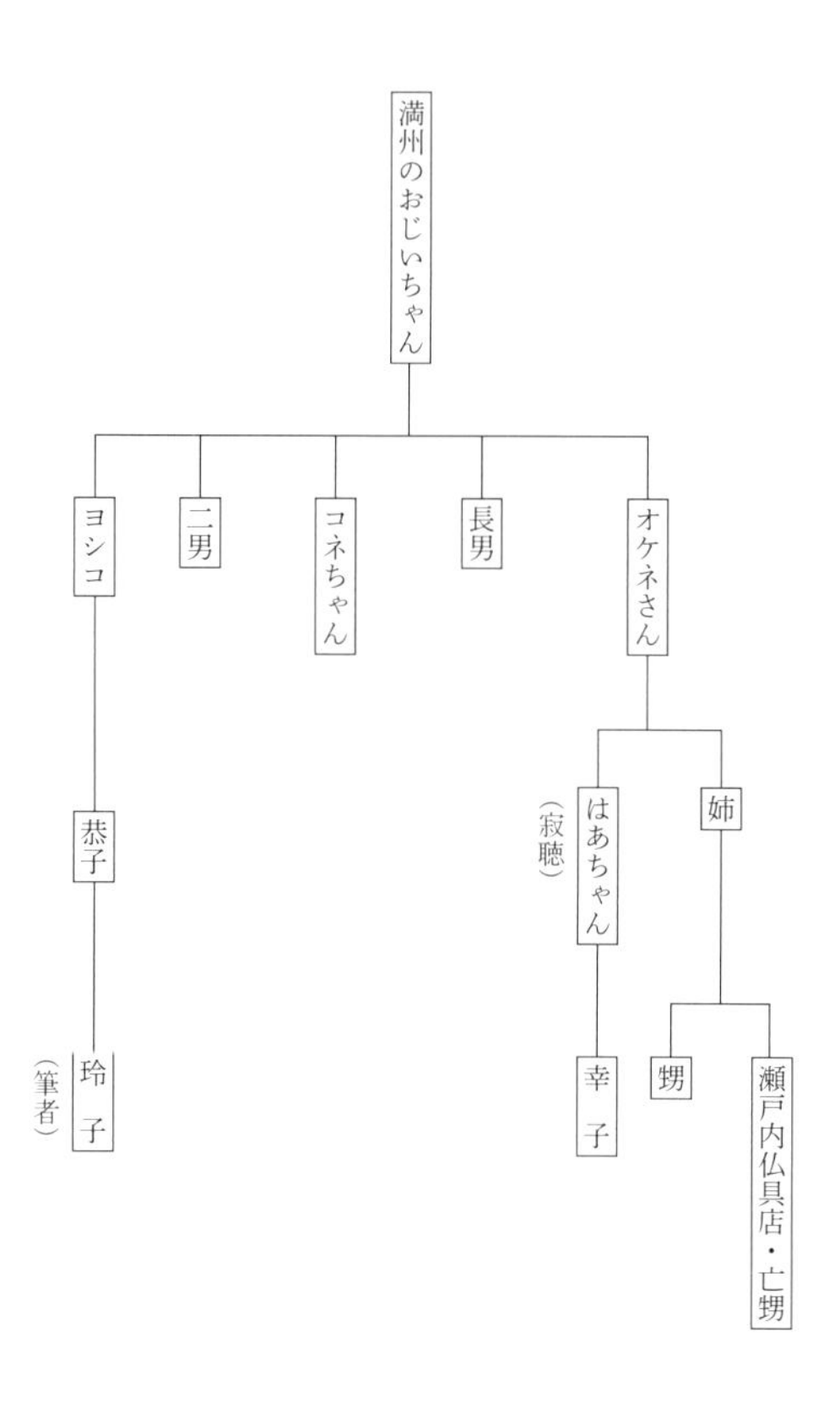
満州のおじいちゃん
オケネさん
長男
コネちゃん
二男
ヨシコ
姉
はあちゃん
（寂聴）
恭子
瀬戸内仏具店・亡甥
甥
幸子
玲子
（筆者）

本郷ハウス　一九七三年秋　母・恭子の記憶

ピーンポーン

キッチンで夕食の後片付けをしている時に、チャイムが鳴った。こんな時間に来客があるのは珍しい。

「はい」

ちょうど廊下にいた恭子の娘の玲子（筆者）が、スチールドアの覗き窓から覗き、忍び足でキッチンに来て小声で、

「中学生くらいの男の子のお坊さんがいる」

と言ったのと、聞き覚えのある声が、スピーカーから

「あたし」

と流れてきたのが同時だった。インターホンのマイクとスピーカーはキッチンにあるから、台

布巾で手を拭きながらマイクに返事をする。

「はあちゃん」

思わず腰を伸ばしてズキンときた。顔をしかめた恭子を見て、玲子が、

「出るよ。ママ動きにくいでしょ」

と言い、ガチャリとドアを開ける。

「こんな時間に悪いわね。恭子ちゃんは？」

珍しく殊勝な感じの、はあちゃんの声がした。

「キッチンです。腰を痛めていて、さっとは動けなくて」

重いカバンを下ろす音がして、はあちゃんとは違う女の声がした。

「それは大変」

恭子は数日前からのぎっくり腰で湿布を貼った腰をかばいながら、そろりそろりと玄関に向かうと、十四、五歳の少年僧がにこにこと立っていた。中尊寺が小坊主(コボン)さんを付けてくれたのかなと思った時に、

「タカちゃんが一緒なの」

張りのあるその甲高い声は、まぎれもなく五十一歳の、瀬戸内晴美から瀬戸内寂聴になった、はあちゃん本人だ。後ろには、小太りの女性が神妙な顔で控えている。

「あたしのとこはマスコミがいるかもしれないから、あんたんとこにおらせてもらいたいんだけど」

「おかえり」

恭子の目に涙があふれてきた。十一月二十一日のことだった。

はあちゃんと恭子

はあちゃんが東京の女子大に進んだ翌年、太平洋戦争が始まった。女子大を繰り上げ卒業して、北京の大学に勤める学者と結婚したはあちゃんは、戦争中は北京にいた。

一九四五年七月三日朝、小学六年生の恭子は、大工町のはあちゃんの母、オケネさんに、「これ、母ちゃんから。いまから石井の高瀬に疎開する。じいちゃんのお兄さんとこ」と母から言付かった荷物を届けた。高瀬は祖父の兄の一人が養子に入った村長の家だ。

「おばちゃん、すぐに会いに行くな」

オケネさんは、恭子の大好きな笑顔で手を振った。

その夜、いつもよりもたくさんのＢ29が来て、徳島市には大きな空襲があった。

はあちゃんは、終戦を現地召集された夫のいない北京の家で、赤ん坊と迎えた。幸い夫と合流でき、翌年八月に引き揚げ、夫と一緒に恭子の実家に挨拶に来た。それからしばらくは徳島に住んでいたから、何回も会っていたが、小説家になってから会ったのは二回だけだった。

小説家になったはあちゃんと最初に会ったのは、一九六〇年のクリスマスイブ、練馬の大根畑の真ん中の二間の小さな建売住宅だった。日米安全保障条約改定をめぐり、「安保反対」の大きなデモで、世の中が騒然としていたけれど、長尾家はそれどころではなく生活に追われていた。借金取りに追われて娘の玲子の着替えだけをボストンバッグに入れて、夜逃げした。東京で恭子の夫が頼ろうとした友人たちには断られ、その夜、寝るところの当てもなかった。

「お前ひとりなら、僕の寮の部屋に潜り込ませられるけど、奥さんと子どもと一緒は無理だ。悪いけど。確か、瀬戸内晴美さんって、親戚だったよね。最近引っ越した新しい住所わかるよ」

通信社に勤めていた夫の友人がくれたメモを頼りに、暗くなってから練馬の家にたどり着いた。体よく数時間で追い出されたけれど。

二回目は昔の紀元節が建国記念の日として復活して国民の祝日になった一九六七年。小学五年生の玲子が、学校から帰るなり、

「将来、何になりたいですか、ってアンケートがあってね。八百屋さんとか、本屋さんとか、公

務員とかは知ってるけど、これだけ本を読んでるのに、作家に会ったことない。作家ってどんな生活して、どんな仕事の仕方なのかなって思ったら、会えそうな人がいるって気が付いた」

と早口で言う。

「だあれ。ご近所に住んでる方？」

恭子は、誰も思いつかない。

「どこに住んでるのかは知らない」

「それじゃ、会えないでしょ」

と答えると、娘の玲子が、

「ママの従姉なんだよね。テレビにも出てる瀬戸内晴美って小説家。学校の図書室には本がないんだよ。ほら、本の後ろに『先生にお手紙を差し上げましょう』なんて書いてあるから、探したんだけど」

と言いだした。

「ママ、住所とか知ってる？　会えないかなあ」

「どうかな。ずいぶん会ってないから」

「連絡できないの？」

ちょっとがっかりしたように玲子が言う。

「知らない。コネちゃんに聞いてみるね」

と、コネちゃんに電話をした。コネちゃんは、はあちゃんの母の妹で、恭子の母の姉だ。売れっ子作家になったはあちゃんの家事を手伝ったりしていた。

「玲子がね、なんだか学校のアンケートで、将来の仕事っていうのがあって、作家に会いたいなんて言うのよ。はあちゃんに会えないかな」

「はあちゃん、ものすごく忙しいんよ。そんな、小学生が会いたいなんて、よう言わん」

その頃、武蔵野市の桜堤公団に住んでいたコネちゃんが、翌日やってきて、

「住所と電話番号はこれ」

と、メモをくれた。その場で、コネちゃんは、はあちゃんに電話をかけた。

「いま、恭子ちゃんのとこにいるんやけど、久しぶりに会いたいと言うから、はあちゃんは忙しいって言ってたとこよ」

と言い、しばらく話していたが、驚いたような声で振り返り、

「いいの？　恭子ちゃんに代わるね」

と、恭子に受話器を渡した。

「恭子ちゃん！　久しぶり」

甲高いはあちゃんの声だ。

「ご無沙汰してます。大忙しだってコネちゃんが言うけど、いいの？」

「いいわよ。文芸誌の締め切りは終わったところ」

小学校は冬休みに入っている。文芸誌の締め切りは二十日頃なのか。

「あのね、実は、うちの娘、玲子がね、学校のアンケートで、将来の仕事はっていうのがあって、作家に会いたいなんて言うのよ」

「玲子、大きくなったでしょうね」

覚えているのだろうか。

「小学五年生」

と恭子が言うと、はあちゃんが、

「ようしゃべる面白い子だった。ぶかぶかの黄色い靴下、電気ストーブで焦がしちゃったでしょ。覚えてる」

玲子が小さかった頃は、すぐに大きくなるからと、恭子は何でも大きいサイズのものを着せていた。寒い夜、大人たちが話しているのをつまらなさそうに眺めながら、ぶかぶかの靴下をはいた足を電気ストーブのへりに近づけたり離したりしていて、ちりちりと焦がしてしまったのだった。

「作家に会いたいって小学生、珍しいわよ」

はあちゃんが面白がっているのが、声からもわかった。

「いつならいい？」

図々しいなと思いながら尋ねた。はあちゃんは昔と同じ早口だった。

「今度の土曜日。目白台アパートってわかる？」

コネちゃんが、ハンドバッグから「目白台アパート」と書いた地図を渡してくれた。

「地図、コネちゃんが描いてくれたからわかる。二時頃でいい？」

「アパートって言っても、木造二階建てやないからね」

言われなければ、そばで迷うかもしれなかった。

「ビルなの？」

「まあ、来てごらん。百聞は一見にしかずよ」

まだ笑いを含んだ声のはあちゃん。よほど機嫌がいいらしい。

「もう冬休みでしょ。お昼前にいらっしゃいよ。ここ、レストランがあるのよ。せっかくだから
お昼を一緒に食べよう。あんたの好物のエビフライもあるわよ」

「それは子どもの時よ」

はあちゃんは、くくくっと笑いながら、

「女学校から帰ったら、恭子ちゃんが小さな手にナイフとフォークを持って上手にエビフライ食

べてたけど、あたしはお赤飯のお茶漬けだった」

「いっつも、お赤飯があったね」

徳島では、婚礼や子どもの誕生の時に、近所にお赤飯を配る風習があったから、瀬戸内仏具店にも恭子の実家にも、何時もお赤飯があった。

「あれ、好きなのよ。いまでも。お赤飯、なかなかないけどね」

はあちゃんが、意外なことを言う。

「じゃ、今度の土曜日の十一時でいい？　忙しいのにごめんなさい」

数日後に、恭子が玲子を目白台アパートに連れて行った。

それは大きな建物だった。ブザーを押すと、

「はあい」

はあちゃんの声がして、ガチャッとドアが開いた。

派手なプリントのブラウスを着て、くっきりと黒いアイラインを引いた眼で、遠慮なく、恭子と玲子を頭から靴まですっと見て、

「ほんとうにご無沙汰ね。どうぞ」

と、部屋に招き入れてくれた。部屋に入ると、広いリビングに赤いシャギーの絨毯が敷いてあった。キッチンから黄色い琺瑯のポットを持ってきて、お茶を淹れてくれた。こんなしゃれた

ところでは、お茶は薬缶ではなく、おしゃれなポットで淹れるのかと恭子は思った。

「ほんとうに。こちらはテレビで、ときどき元気なご様子見てるけれど」

「恭子ちゃんも元気そうでよかった。どこに住んでるの？」

「三鷹」

はあちゃんはびっくりした顔で、

「あたしも、昔、住んでた。どの辺？」

「下連雀三丁目、駅からすぐ」

恭子たちが住んでいたのは、地下から二階まではショッピングセンターになっているビルの三階だった。

「東京に出た時、駅からまっすぐの道のつきあたりを右に曲がったところに、下宿してたの」

それは知らなかった。

「禅林寺の近く？　太宰のお墓がある」

「そうそう。角を曲がってから、そこまでは行かないところ」

「太宰のお墓があるから、下宿が三鷹だったの？」

と言うと、はあちゃんは、ちょっと目を大きくして、

「恭子ちゃんは太宰が好きなの？」

と尋ねた。

「好きって言うほどじゃないの。新聞の連載小説の『グッド・バイ』を読んでたら、本当に逝っちゃったから、気になっちゃって、何冊か読んだくらい」

現役の作家に、亡くなっているとはいえ、他の作家が好きだとは言えないと恭子は思った。

「下宿のご主人が、太宰の捜索にも参加してたんですって」

と、はあちゃんが言った。

確か、太宰は三鷹駅と禅林寺の間に住んでいたと思った。はあちゃんの下宿は、太宰の家と近かったのだろう。

「へえ。生前に会ったこともあるのかしら」

「あたしが下宿してた時には、もうご主人は亡くなってたから、聞けなかった」

「いまの玉川上水って壊れた自転車やらゴミだらけ」

「そんなになっちゃってるの。ひどいねえ」

「流れなんてほとんどない」

異臭がするので、上水端の散歩はできなかった。

「前は、水の量が多くて、結構、流れも速かったのよ」

はあちゃんが懐かしそうに言うので驚いた。

「いまは、こんなところで入水心中ができたのかって思うくらいよ」

「太宰のお墓参りすると、鷗外にお尻を向けなきゃならないの知ってる？」

突然、はあちゃんが鷗外を持ち出した。

「え？」

恭子は太宰のお墓参りに玲子を連れて行ったが、狭い通路の向かいのお墓のことだろうかと思った。

「向かい側に森林太郎之墓ってあるの、あれ鷗外よ」

恭子の家にはない本が並ぶ書架や書きかけの原稿用紙が載った大きなデスクを見回していたが、鷗外だの太宰だのと知っている名前を耳にして、

「今度、両方、お参りしてきます」

と座り直して言った玲子に、はあちゃんが話しかけた。

「作家に会いたいんですって？」

「はい。八百屋さんや、お医者さん、お役所の人なんかは会ったことがあるけど、本をたくさん読んでるのに、作家には会ったことがないって、気が付いたから」

面白そうに笑いながら、はあちゃんが言った。

「作家って、特別な才能だと思っている人が多いのよ。玲子ちゃんは、八百屋さんや役人と同

じ、職業だと思っているのね」

　玲子は、きょとんとして、

「あれっ、職業じゃないんですか。仕事かと思っていました」

　はあちゃんはけらけら笑って、

「聞かせてやりたい人が多いわねえ。仕事よ。原稿を書いて、お金をもらうから」

「間違ってなかった」

　玲子が安心したように言った。

「作家って言っても、童話作家とか、随筆家とかいるでしょ」

「小説家に会いたいなと思って」

「会わせてはあげられないけど、ここには小説家がたくさんいるの。谷崎潤一郎さんも円地文子さんも平林たい子さんも」

「ここって小説家用のアパートなんですか？」

　と玲子が真面目に聞いた。

「そうじゃないけど、出版社が近いから」

「そうなんですか。なるほど」

　何がなるほどなのか、わかっているのかいないのか。はあちゃんは噴き出しそうな顔をして、

興味深そうに小学生の顔を覗き込んでいる。玲子が困ったように
「あのう」

と声を低めて言う。

「なあに」

はあちゃんも合わせて、小さな声になった。

「ヒラバヤシタイコさんって知らないです」

小学生が平林たい子を知らなくて当たり前だ。

「あら、あとの二人は読んだことあるの？」

「さっぱりわからなかったけど」

鍵っ子の玲子は、幼稚園の頃から、ふりがなが振ってある本なら家にある本を片っ端から読んでいた。一人でも文章の意味がわかるようにと渡した国語辞書が、小学生にわかるように書かれていないと、よく怒っていた。

「おませさんね」

背伸びしているようにからかわれたと思ったか、口をとがらせて、玲子が、

「日本文学全集に入ってるから」

と答えた。

「そう。平林さんはなかった？」

「あったかなあ」

小学生が平林たい子を読んでいるほうが、よほど変だ。

「きっと入ってるわよ」

「帰ったら、探します」

夫が日本文学全集と世界文学全集とを買っていた。玲子は世界文学全集のほうから読み始めていたと思っていたが、日本文学全集も手に取ったのかと恭子は思った。

はあちゃんは、突然話を変えた。

「『源氏物語』って知ってる？」

「知ってます」

もっと難しい話になったと、玲子は座り直している。

「『平家物語』と『源氏物語』があるのは？」

「『平家物語』は琵琶法師が語ったもので、『源氏物語』は紫式部が書いたものでしょう。時代も違うと思いますけど」

そういえば、数ヵ月前に、清少納言だの紫式部だのと玲子が言っていた。

「谷崎さんも円地さんも『源氏物語』を現代語訳してるのよ」

はあちゃんは、小学生相手に大人に向かって話すように語り掛けている。

「円地さん訳って図書室にはなかったです」

「いま、していらっしゃるの。まだ、出てはいない。谷崎さんの『源氏』は読んだの？」

「いいえ。長そうだから」

小学校の図書室に谷崎潤一郎訳の『源氏物語』があるのかと、はあちゃんは驚いていた。

「『源氏物語』は五十四帖、いまなら五十四巻ある長い長篇小説なのよ」

「うちにある与謝野晶子訳『源氏物語』は二巻でした」

「どうだった？」

真面目な顔ではあちゃんが尋ねた。

「光源氏が、そんなにかっこいいのかなって」

玲子も至って真面目に答えている。

「嫌い？」

「好きじゃない」

「たくさんの人が登場するけど、誰が好き？」

「明石の君かな」

「変わった子ね」

そんな話のあとで、一階のレストランでランチを食べた。

ずっと恭子が好きなのはエビフライではなく、ウィンナー・シュニッツェルだ。大工町の近くの洋食屋「ぼくの家」から出前でオケネさんがよく取ってくれたのはエビフライ、父と一緒に行って食べたのがウィンナー・シュニッツェルだった。

一九七〇年の引っ越しの日

その二年後、はあちゃんとの思いがけない、行ったり来たりの親戚付き合いが一九七〇年の引っ越しの日から始まった。

各階向かい合った二世帯が使うようにA棟に三機、B棟に二機のエレベーターを備えた百五十世帯の建物。その一機、5号機のエレベーターの七階と十一階に恭子の家とはあちゃんの部屋が偶然にあった。ここはまだ内装もできていないスケルトンの時に全室完売した本郷ハウス。

管理会社が、入居時の引っ越しは、「エレベーター一機につき一日に二軒」と決めていて、恭子のうちは午後一時からの割り当てだった。午後二時になっても、前の引っ越しトラックの荷物がなくならない。階段で見に行った玲子が半時間ほどして戻ってきた。

「十一階はきついね。七階はちょうど六十秒で上がれたよ」

学校は好きなのに、体育の時間は、どうにかしてサボることしか考えない玲子の息が上がっている。

「往復二分にしてはずいぶんかかったじゃないか」

運送会社を待たせていて申し訳ないと、恭子の夫も少しイライラしている。

「前の方は十一階か。荷物が多いんだね」

「本が多いよ、うちくらい。誰だと思う？」

小学生の頃の、なぞなぞをしていた時のような顔で玲子が言う。

「そんなのわからないよ。パパも知ってる人？」

煙草の灰を背の高い金属の灰皿に落としながら、夫が気のない返事をする。

「うん。ママは、もっと知ってる。階段上がったら、ちょうどドアのところにいて、『手伝いに来てくれてありがとう』って。誰だかわからないみたいだったから、『恭子の娘の玲子です。うちも、このあとの引っ越しの割り当てです』って言ったら、『手伝ってくれたら早く終わる』って。でも、なんかたくさん人がいる」

「ママがよく知っている、そんなに親しい人って誰？」

東京に学生時代の友人はいないし、恭子の知り合いは夫の会社関係だけだ。夫より恭子が親しい人は思い当たらない。娘も知っている人って誰だろうと恭子が思っていると、

「はあちゃん」

と、玲子が言った。

恭子の夫が煙草を灰皿に捨て、着ていた会社のマークの入った作業着の付いてもいないほこりを払って言った。

「ええっ、偶然だね。ちょっと行って挨拶してこよう」

「エレベーター使えないけど、パパ、上がる体力ある？」

「荷物運びを手伝えば、エレベーターで上がれるよ」

十一階では、制服を着た運送屋さん二人とジーパン姿の若い人たちが五、六人いたが、引っ越し慣れしていないのか、指示がないのか、エレベーターホールにも階段にも段ボール箱が積み上げられていて、短時間で片付く様子がなかった。

玄関の奥の廊下に、黒地にショッキングピンクの花模様のニットのパンタロンスーツ姿のはあちゃんがいた。進まない作業に、不満そうでもない。

「偶然ね。びっくりした。手伝いに来たんじゃないの。悪いけど、うちも今日なの」

「そうなんですってね。何階なの？」

恭子への返事は上の空で、隣にいる恭子の夫に訊いた。

「ご無沙汰しています。長尾です。うちは七階です」

「長尾さんは十年ぶりかしら」

「そうですね。あのクリスマスイブ以来だから」

瀬戸内寂聴の独白

あの時も引っ越しが終わったばかりだった。

涼太と暮らし始めた畑の真ん中の小さな建売住宅で、テレビの「ご自宅訪問インタヴュー」のロケ隊を待ちながら、『東海道女人行脚』のゲラを直していた時、何かの気配を感じて顔を上げると、垣根の隙間から、ぼんやり街灯に照らされた小さな女の子の顔がにっと笑った。

幸子に何かあったのだろうかと思った瞬間、ここに引っ越す前に別れた男が「娘が大学入試だよ」と言ったのを思い出した。男の娘とあたしの娘は同じ名前。年も同じだから、こんなに小さいはずはない。とうとう気が変になったのかと、ぞっとした。

遠慮がちに戸を叩く音がして、「こんばんは。恭子です」と若い女の声。従妹の恭子一家三人が狭い玄関に立っていた。恭子の結婚相手は初対面だった。二人の間の、赤いクマのぬいぐるみをぶら下げて、ぶかぶかのピンクのオーバーを着た女の子が「これ、ぬいぐるみやのうてハンドバッグ」と味噌っ歯の口を大きく開けて笑っていた。

恭子の夫が「長尾です。借金取りから夜逃げしてきたんですが、今晩、寝るところの当てもないんです。それと、東京で仕事を紹介してくれるとありがたい」と頼むので「悪いけど、これからテレビの撮影があるし、泊まってもらえないのよ。ごめんね。仕事は、運転手さんを探しているところなら紹介できるわよ」と言うと、「運転免許は持っていないんです」と言う。それでは紹介できない。

電話は、まだ引けていなかったから、角の雑貨屋で電話を借りて、三鷹のコネちゃんに迎えに来るように連絡した。それから、どうしたのかは詳しく知らない。

五年後、涼太とも別れて京都の御池と二度目の目白台を行ったり来たりして、連載を五本、単発の中間小説を毎月二本書いていた時に、突然、恭子から「ちょっと伺っていいかしら。娘が会いたいっていうのよ。小説家に」と電話があって、母子がやってきた。裕福そうではなかったが、生活に困っている様子はなかった。

「練馬の家に行った、あの翌日ね、高校の恩師が、ご実家の書店を継いだのを思い出して、長尾が電話帳で調べていったら、その場で採用してくれたの。二年後に、先生が新しく会社を立ち上げて、いまはそこに勤めているのよ」と言っていた。

「同じ日に引っ越しって、やっぱり、骨組みの時に買ったの？」

と、はあちゃんが恭子の夫に訊いた。管理会社の連絡には、引っ越しの順番は、原則、購入順だって書いてあった。全室分譲だから、長尾家も買えるような経済状態になったということだと、はあちゃんは驚いた。

「ええ。頭金は勤めている会社の社長にお借りして、あとは銀行ローンですが」

言い訳のように、恭子の夫が答えた。

独白

銀行でローンを組めるだけの信用があるということは、これから付き合っても大丈夫だ。その夜、寝るところもなかった、あれから十年で、よくここまでになったものだ。


「とにかく、荷物を全部、部屋に入れましょう。片付けはそれからでいい。僕のところに来てる部下にも手伝わせましょう。荷物運びのプロですから」

恭子の夫が、てきぱき自信ありげに言う。十年前にはなかった貫禄がついていた。

「助かるわ。いま、何してるの？」

はあちゃんが尋ねた。

「今日来てるのはロジスティックの社員です。いまは出版や書籍の販売や、最近はロジスティックも担当しています」

恭子の夫が着ている作業着に会社の名前が刺繍してある。書籍の流通革命をするという新興の書籍販売を打ち出したほるぷグループだった。

一九七三年　現世を捨てる

独白

あの引っ越しの日には、まさか出家するとは自分でも思っていなかった。

同じエレベーターの上下で住んでいるのも、今日のためだったのかと思える。

自分の部屋の前には、きっとマスコミが待っているだろう。恭子の家にいると は、誰かが気が付くはずもない。


「ロビーにはマスコミの人はいなかったの？　よく通り抜けられたね」

興味津々で玲子がはあちゃんに尋ねている。

「駐車場まで入ってきたら、ガラス越しにカメラがいっぱいいるのが見えたんじょ」

タカちゃんが答えるのにかぶせて、はあちゃんが、

「困ったなと思って、運転手さんに、そのまま通り抜けてくださいって、B棟の端まで行ったら、ごみ置き場の掃除をしていて、いつも閉まってる扉が開けっ放しだったから、そこから入ったの」

「そうか、あの出入り口はロビーからは見えないね。5号機のエレベーターはB棟の奥で、ごみ置き場からすぐだし、ロビーから覗いても廊下は薄暗くて長いから顔はわからないんだ。まるで二時間物のサスペンス劇場だねえ」

十七歳の高校生は大興奮だ。

はあちゃんは、何度も恭子のうちで食事をしているから、家の様子はよく知っている。タカちゃんは初めてだから、リビングに通しながら説明する。

「広さは違うけど、はあちゃんとこと間取りは同じ。でもうちには客間はないのよ」

ダイニングリビング以外に部屋は寝室が二つと納戸。このB棟は最上階を除けば、広さは違うが間取りは同じ。客間がないのを承知で、はあちゃんとタカちゃんは恭子の住居に転がり込んできたというわけだ。玄関でコートを脱ぐと、

「真ん中の納戸は？　狭くてもいいわよ、寝るだけだし。ちょっと片付けたら」

と言いながら、そのドアを開けたはあちゃんは、

「すごいね、こりゃ無理ね」

四畳に満たない部屋の両側に積み上げられた書類ケース用段ボールの引き出しやら、古い茶箪笥やら、季節外れの扇風機やらに圧倒されて素っ頓狂な声をあげた
「何をこんなにため込んでるの」

「だって、使えるものだから。これでも二年おきに引っ越してきたから、要らないものは捨ててるのよ」

はあちゃんの後ろで、恭子が言った。河原で拾った漬物石や、イチゴパックや欠けた食器は、引っ越しのたびに捨てている。はあちゃんは、呆れたという顔で、

「こんなにため込まないで、要る時にまた、買えばいいのに」

と言うが、恭子は、ほっといてくれという気持ちを、ドアをカシャッと閉める態度に込めて言った。

「捨てちゃえば広く使えるけど、いつ収入がなくなって新しい物が買えなくなるかわからないから、一度、買った物は、壊れて使えなくならない限り、捨てられないのよ」

恭子の夫は、仕事が長続きしない。いまはいいが、いつ、失業するかもしれなかった。

「あのねえ、空間も買ってるものなのよ。使わないともったいないでしょ」

「はあちゃんに言われなくても、わかってるけど」

「恭子ちゃん、十年前はぺったんこのボストンバッグ二つしか持っていなかったのに、ずいぶん物持ちになったね。着替えを詰めようとしたら、『借金取りがそこまで来てる。乗船場まで送るから早く』と友達が飛び込んできたから、片方に玲子を入れ、下着の着替えだけ入れたもう一つを持って出てきたって言ってたのに」

タカちゃんの前で、そんな話はしなくていいのにと、恭子は思った。

「寝室を使ってもらうしかないわね」

隣のドアを開けて、恭子が言うと、はあちゃんは、当然だという身振りをして、

「悪いけどそうさせてもらうね」

二人はボストンバッグをさっさと寝室に運び込んだ。

「晩御飯は？」

二人に恭子が尋ねた。

「まだなの。出前取ってくれる？」

はあちゃんが、振り向かずに言う。

「洋食と中華とどっちがいいかしら」

洋食はA棟の一階にあるレストランから、中華は通りの向かいの小さな店から出前が取れた。

はあちゃんは、メニューを覚えているらしく、早口で言う。

「中華。酢豚とエビのチリソースとチンジャオロースーとチャーハン」

タカちゃんが、

「ホイコーローと春巻とシューマイも」

と追加する。

「そんなに入る？」

テーブルに載りきらないのではないかと思う量だ。

「四人なら足りないくらいよ」

タカちゃんが不満げに言う。

「うちはすんじゃったの」

恭子が言うと、

「そろそろご主人、帰ってくるんとちがう？」

タカちゃんは品数を減らしたくないようで、口を少しとんがらせて言う。

「タカちゃんのご主人とは違ってね、ここのご主人様は晩御飯を家で食べたりしないの」

「なんでえ？」

タカちゃんは目を丸くした。

「お帰りが、とおっても遅いのよ。ねえ、恭子ちゃん」

はあちゃんが薄く笑いながら言う。

「そうね。誰かと外で食べてくることが多いから」

恭子が言うと、

「じゃ、春巻はやめとく。杏仁豆腐は頼んでね」

出前が届くのを待ちながら、タカちゃんは部屋を見渡して、不思議そうに言う。

「同じ間取りって言うけど、全然違うね」


十一階のはあちゃんのダイニングリビングは、ここより五畳広い。しつらえはインテリアデザイナーに任せたので、六人掛けのチークのダイニングセット、ロッキングチェア、サイドボードは北欧家具で統一されていた。深海のような濃紺の壁紙に映える、大きな白を基調としたリトグラフが掛かっている。からし色のカーペットは敷き込みだ。

「うちは家族三人の普通のサラリーマン家庭だから」

はあちゃんの部屋とはまるで違い、恭子の家は四人掛けのダイニングセットも、書架も合板で国内メーカーのものだ。リビングスペースに敷いた空色のベルギー絨毯は、ちょっと張り込んだ。

「でも、ここの家も本が多いんねえ。廊下にも本棚が置いてあったし、びっちり並んでる」

「だって本屋さんだもの。出版社でもあるんだっけね」

午前様もいいところで朝方帰宅することもあった恭子の夫は、十一月十四日以来、十時頃には帰宅するようになっていた。好き放題にしていた世の亭主たちは、はあちゃんの出家がショックで、我が妻が真似をするのではと震え上がり、身を慎むようになったという社会現象が生じていると恭子の夫は言う。二人が杏仁豆腐を食べ始めた頃に帰宅した恭子の夫は、玄関に並んだ二足の草履で誰が来ているのかわかったらしく、リビングに入ってきながら、大きな声で、

「いや、驚きました。テレビで拝見しました」

と言った。

「おかえりなさい」

と、はあちゃんが立ち上がると、

「どうぞ、食事、続けてください」

と洗面所に入り、手を洗う音がした。

「お行儀がいいのね」

はあちゃんが笑う。

「だって外から帰ったから」

と恭子。ガラガラとうがいをしてからリビングに戻った恭子の夫が、

「失礼ですが、お世辞じゃなく、若返ったみたいですね」

と言いながら、ヘッドレストの付いた背の高い自分の椅子に座った。

「男の子みたいだって、みんなが言うのよ」

いたずらをした少年のような顔で、はあちゃんが言うのに、恭子の夫は素直にうなずいて、

「まったく」

と笑った。

「悪いけど、二、三日、いさせてね」

「ああ、マスコミ対策ですね」

マスコミという言葉に、はあちゃんの顔から笑みがスッと消えた。

「いた？」

「いましたよ。テレビカメラは、いなかったかな」

「管理人さんが追い出してくれればいいのに」

「追い出すってわけにはいかないでしょうが、管理人さんが、引き上げてほしいと言ってましたよ」

時計は九時を回っている。夫が気の毒そうに言う。

「連日、朝から晩まで。記者さんたちも大変だ」

二人の食器を下げると、はあちゃんとタカちゃんは、ヘッドレストのない椅子に移った。

「それでね、あなたたちの寝室を使わせてもらおうということになったんだけど」

「どうぞ。ご存じの通り、ここは客間がないから」

「お世話になります」

と頭を下げたタカちゃんに向き直りながら、はあちゃんが、少し改まった口調で言う。

「タカちゃん。得度の日から今日までかくまってくれてた徳島の幼馴染なの。一緒にご厄介になるから、よろしくお願いします」

「ご遠慮なく。ゆっくりしてください」

「はあちゃんの片付けを手伝うのもあるけど、おとうちゃんの漢方薬を新宿で買うんで来たんよ。銀座で化粧品も買って、歌舞伎も観るんよ」

うきうきしているタカちゃんに、

「駄目よ、出かけちゃ」

と、目を三角にするはあちゃんを見ながら夫が笑って言う。

「タカちゃんはマスコミがマークしてないでしょう。ご自由に出かけていいんじゃないですか」

タカちゃんは、

「東京にいるといいねえ。歌舞伎なんていつでも行けるし」

と不服そうな顔で、杏仁豆腐の最後のひと匙を口に運んだ。

「うちのは歌舞伎、一度も行ったことないですよ。僕もだけど」

はあちゃんが、法衣には似合わない甲高い声で、いつも通りの決めつけた言い方で、

「連れてってあげなさいよ。芝居くらい。自分ばっかり遊んでいないで」

「遊んでばかりいませんよ。僕だって」

恭子の夫は缶からピースを出し、トントンと机で叩いた。

「心外だなあ」

と言いながら火を点けるのを見て、恭子がつぶやいた。

「芝居くらいじゃないわよ。第一、歌舞伎座に着ていくものもないし」

はあちゃんが、勢い込んで言う。

「歌舞伎座へ行く時、女は和服よ。買ってあげなさいよ。あたしが見立ててあげる」

だんだん本気になっているはあちゃんに、恭子の夫が慌てて、

「いやいや、けしかけないでください」

と言って、煙草を消した。

「大出世で羽振りがいいって聞いてるわよ」

はあちゃんが、少し身を乗り出して言った。

「忙しいだけですよ」

「本屋さんって忙しいの？」

タカちゃんが訊いた。恭子の夫は笑って、

「本屋と言っても、勤めていた小さな駅前書店が、百科事典の月販会社を立ち上げて、そっちに移ったんです」

「月販って、月賦で本を売るの？」

タカちゃんが目を丸くした。

「ええ。一家にワンセットって、売り込むんです。一般家庭に」

「セットって、何冊もあるん」

百科事典がわからないらしいタカちゃんに、はあちゃんが説明した。

「十冊とか、二十冊とかあるのよ。分厚い大きい本が」

「タカちゃんのお宅にもいかがですか。玄関の下駄箱の上に、置物の代わりに置いておくと、押し売りが、ここんちはインテリだって、逃げ出しますよ」

と営業を始めた恭子の夫に、

「そっちも押し売りみたいよ」

はあちゃんが笑い出した。

「いえいえ。良書ですから」

二本目のピースを缶から出して恭子の夫が笑う。

「営業で普通のおうちを廻るの？」

タカちゃんが気の毒そうに言う。

「初めはね。数年前に零細な町の印刷所を二社統合した印刷会社と出版社もできて、僕はそっちの担当です」

「それで、本がたくさんあるんやね」

「うちの会社が作った本ばかりでもありませんよ」

書架を眺めながら、恭子の夫は煙を吐いた。

「会社は、カルチャーセンターや健康食品と絵画の販売も始めました。僕は担当じゃないけど。映画会社も作って、撮影が来月から始まります」

「それはお忙しいですねえ」

タカちゃんは、早口でしゃべる恭子の夫に呆れたような顔でうなずいている。

歌舞伎も映画も、ミュージカルも観たいが、恭子の家には、そんなゆとりはない。デパートは日曜日に夫の車で出かけ、ワゴンセール以外は見て歩き、ちょっとおしゃれなレストランでランチをする。

夏の初めに、日本橋三越にお中元を買いに行った時、郡山に住んでいるタカちゃんが地下でお惣菜の買い物していた。

「御用で東京にいらしてたんですか」

「おかずをね、よく買いに来とるんよ。自分ではこうはできないから」

それが七百円の風呂吹き大根で、恭子は仰天した。ご主人はメーカー系の転勤族だと聞いているが、ずいぶんゆとりのある生活らしい。


おしゃべりのあと、二人はお風呂を使い、寝室に入っていった。

前にあったソファベッドは、恭子の夫が煙草を吸いながら寝転がるのがいやなので、ここに引っ越した時に人にあげて、一人ずつの大き目のワインレッドの革張り椅子が三つとスツールを代わりに買った。

ヘッドレストの付いた大きなのと揃いのスツールをくっつけて恭子の夫が、ヘッドレストのない小さなほうに、お気に入りのコッカースパニエル型のスツールをくっつけて恭子が毛布を掛けて寝ることになった。

「アメリカのドラマだと、突然来た居候がリビングで毛布なんだけどな」

玲子がぼそっとキッチンで言う。

主寝室には電話がある。外出を止められ不機嫌なタカちゃんがリビングでテレビを観ている間、はあちゃんは電話を掛けっ放しだった。電話をする時はドアに鍵をかけている。寝室にはデスクがないから原稿を書いているわけではない。仕事ではなく、いったい誰に長電話をしているのだろう。

「食べ物の好き嫌いはないの」

キッチンを覗きに来たタカちゃんが言う。

「私の作ったもので、お口に合うといいけど」

「同じ徳島やし、味付けは一緒よ。御馳走を食べに来てるんやないし。恭子ちゃん、小さい時、金毘羅さんのお祭り、はあちゃんと三人で行ったの覚えてろ？　あんた、夜店のものを食べたらあかん言われてる、おばあちゃんに叱られるからって言うけん、三人とも何も食べんかった」

「そうだったん。知らんかった。お祭りは覚えてるけど、抱き上げてくれなかったから、何にも見えなかった」

「あれ、そうやった。ごめんな」

夜店のりんご飴やミカン水は魅力的だったが、食べたことはなかった。

「お昼、何にするの」

タカちゃんは、すぐに空腹になるらしかった。

「おうどんでいいかな」

「ええよ」

献立が決まっているとわかり、ほっとした様子だ。

「じゃ、ちょっと買ってくる」

すぐ近くの家族で作っている製麺所のうどんが、打ち立てで、こしがあって気に入っている。

餃子の皮も自家製なので、恭子は二百枚買った。

「冷凍するより、食べる分だけでいいですよ」

いつもより多いので、女将さんが怪訝な顔をした。

「お客様なので」

「娘さんのお友達？　若い人は食べるから」

いやいや、おばさんばかりだとは言えなかった。

いつもの恭子の家の、青ネギとカツオ削りととろろ昆布を載せたおうどんを見て、はあちゃんが言う。

「また、シンプルねえ」

「讃岐風やね」

と、タカちゃん。

「夜は餃子だけど、うちは、にんにくは入れないの。いいかしら」

お茶を淹れて、恭子が言うと、はあちゃんが答えた。

「平日は玲子の学校があるものね。いいわよ、入れなくて」

昼食のあとで、商店街に行き、キャベツとにらと生姜、合い挽き肉を買った。

ロビーには、大きなカメラを持った人たちが数人いた。管理人さんが、その周りを箒で掃きながら近づいて来て、

「こういうことになるから、芸能人お断りって規則なんですね」

と小さな声で言う。購入者の条件に「芸能人不可」とあった。不特定多数の人間の出入りが昼夜を問わずあるからという説明だったが、こういう張り込み取材もあるのは、他の住人にひどく迷惑だ。

独白

本郷ハウスのエレベーターの扉は光沢のあるスカイブルーで、中央に銀色の筋が通っている。風の強い日、エレベーターホールにはブウォーンとどこか異界からの

もののように響く低い音がする。それは、この銀色の筋が開くと、エレベーターの箱には床がなく、暗い闇に引きずり込むための合図だと、思うことがあった。

あの音を聞かなければ、生きることをあんなに突き詰めて考えなかったのではないだろうか。

本郷ハウスに住まなければ、あたしは出家しようと思いつかなかったのかもしれない。

「洗濯物は、どこに出しておけばいい？」

帰ると、はあちゃんが両手に脱いだ衣類を抱えて恭子に言う。

「ユーティリティの籠に入れといてくれればいい」

「わかった」

翌日、恭子がベランダから取り込んででたたんでいると、素っ頓狂な叫び声が背中から響いた。

「ええっ、それ、洗濯機で洗っちゃったの？」

「手洗いじゃなきゃいけなかった？」

「洗濯って、クリーニングに出すんじゃないの？」

「こういうものは、うちで洗うでしょ」

木綿のブラウスや化繊の薄いセーター、ポリエステルの部屋着の上下などだったから、クリーニングに出すとは、まったく思ってもみなかった。

「普通はクリーニングよ。洗っちゃったから仕方ないけど。今度から白洋舍に出してね」

そういえば、どの首元のラベルにも、ホチキスで留めた白洋舍の細いネームが付いていた。洗濯マークは洗濯機可だったけれど、普段着までクリーニングとは思わなかった。

「でも、同じクリーニング屋さんよ。うちにいるってわかっちゃうじゃない」

「なんで？」

「だって、全部、ネームが入ってるもの。クリーニング屋さんが書いた」

「ああ、気が付かなかった」
二、三日と言っていたが、好きな時間にお風呂も使い、一日中勝手にテレビを観、自宅のように自由気ままにくつろいでる二人は、はあちゃんの部屋に上がっていく気配はない。
そろりそろりと動いてはいたが、三人家族の倍の家事で無理をしてしまい、恭子のぎっくり腰はすっかり悪化して、七日目の午後、トイレ掃除のあと、廊下で身動きが取れなくなった。

「どうしたの？」

寝室から出てきたはあちゃんが、ぶつかりそうになって言った。

「ぎっくり腰が悪くなったみたい。動けない」

はあちゃんの大きな声が腰に響いて、恭子の返事は、ささやくような小さな声になった。

「そりゃ、大変。とにかくベッドで寝たら」

「そこまで行けない」

はあちゃんが背中から支えてくれようとする。ほんの三メートルの移動が、こんなにこんなに苦労だとは。手が当たっているところから、神経が腰に響いて、猛烈に痛い。

「一人のほうが楽。そろそろいく」

「困ったわね。あたしたちがいるとゆっくりできないね。タカちゃん、ちょっと様子を見てきて」

リビングでテレビを観ていたタカちゃんが、はあちゃんの大きな声で、廊下に出てきていた。

「わかった」

と、出ていったタカちゃんが戻り、

「廊下にもロビーにも誰もいない。大丈夫」

と言うと、恭子を寝室の入り口に立たせたままで、二人は荷物をまとめて、

「お大事に」

「お世話様」

口々に言って、十一階に上がっていった。十一階には、お手伝いの百合ちゃんと秘書の辻本さんがいるはずだ。

恭子は足を上げずに滑らせて動き、どうにかベッドにたどりついた。寝込みそうなので、タカちゃんが使っていた自分のベッドのシーツを替えたい。そろそろ、玲子が学校から帰ってくるから、替えさせよう。そうっと、はあちゃんが使っていた恭子の夫のベッドのカバーの上に横向きになって、しばらくすると、

「ただいま。静かだねえ。上がっていったの？」

にぎやかに娘の玲子が帰ってきた。洗面所で手を洗ってから、

「いないの？」

と言いながら、寝室を覗き、

「あれっ、倒れちゃったの？　ぎっくり腰？」

と入ってきた。

「大きな声出さないで。ガンガン響く」

「そんなにひどくなっちゃったの？」

「ママのベッドのシーツと枕カバー替えてから、往診頼んで」

「わかった」

恭子のベッドを整えて、汚れ物を洗濯機に放り込むと、玲子が部屋に戻ってきて、そろそろと起き上がろうとしている恭子の背中に手を回した。触られると響いて痛い。

「一人で動くほうが痛くない。ほっといて」

「そうお。じゃ、杖代わりにすがって」

玲子はベッドの脇に立って、腕を手すりのように出した。これは楽だ。はあちゃんが寝ていた夫のベッドから、自分のベッドに移り、夫のベッドのシーツや枕カバーを替えている玲子を眺めていた。

「往診、一時間くらいしたら来てくれるって」

掃除機をかけながら、玲子が言う。

往診を頼んだ初老の大柄な医師は、こう診断した。

「ぎっくり腰の原因はショックやストレスが多いんですよ。安静にしていればよかったのに、無理なさいましたね。毎日、様子を診に来ます。湿布と痛み止めを出しますからあとで取りにいらっしゃい」

昔ながらのステンレスのアルコール綿入れなどの入った往診鞄を提げて来てくれたのは、年がら年中、突き指や捻挫をする玲子のかかりつけ医だった。壱岐坂を上り切った少し奥の角の医院はかなり変わった建物だ。四つ角に建っているのだが西向きの扉には産婦人科、南向きの扉には内科・整形外科と看板が出ている。どちらから入っても受付と待合室は一つだ。診察室も一つしかない。かつては医師が三人いたのだろうか。いまでは、年の頃からして軍医であっただろう院長が一人で全診療科を診ている。穏やかで優しいとてもいい医師だ。

ベッドからまったく動けなくなり、本を読むのも辛い何日間か、恭子は幼い頃を思い出していた。痛み止めのせいか、うつらうつらと眠っていることが多く、戦災で亡くなったオケネさんの夢をよく見た。

大工町　一九三六年

はあちゃんの家は大通りに面して、何年か前までは眉山側にあり小さな構えだったが、向かいの角に移り、構えは四倍ほどになった。移転祝いの時だろうか、写真には晴着を着た恭子の後ろに新しい店が写っている。店の角には「三谷屋」、表通りに面しては「祭神殿堂宮佛壇佛具製作所」、路地側には「美術欄間調進店」と大きく看板が挙がり、表通りの軒下には白地に黒々と「神具神輿屋臺一式調整所」と染め抜いた暖簾がかかっている。

十五、六人の若い職人さんたちと家族の三度の食事を作り、洗濯をするオケネさんは、「お手伝いしてくれると、おばちゃん、ほんまに助かるわ」

と、三歳の恭子をおだてて、そばに置いていた。庭にある蔵が作業場で、職人さんたちが寝泊まりする離れの屋上が物干し場だ。ノミやカンナを使う作業場の扉は開けっ放しで、入り込むと危険だからだ。職人さんが出してくる木っ端を、お風呂の焚き口に運ぶのは楽しかったし、家では庭の物干しなのに洗濯物を高いところで干すのを手伝うのも嬉しかった。

好きだったのは二階のはあちゃんの部屋から庭を見ることだ。天井が斜めになっている窓に向かい机があって両側に本棚がある。その机に上がると、庭でおばさんやおじさんが忙しく働くのが、赤い実を付けたナンテンや白い花の咲くヤツデのてっぺん越しに見えた。けれど、はあちゃんが学校から帰ってくると、

「宿題があるから」

と部屋から追い出されて、ふすまをピシャッと閉められた。

「勉強の邪魔をしたらあかんよ」

オケネさんにも言われる。隙間から覗くと、はあちゃんはノートに向かって一生懸命に何か書いている。ある日、恭子は「宿題をしておいてあげたら遊んでくれる」と思いついて、机の上のノートにびっしりクレヨンで書き込んだ。喜んでくれると思ったのに、滅茶苦茶に怒られて大泣きした。

それでも、毎日、十一歳年上のはあちゃんが学校から帰るのを首を長くして待っていた。食料

品店にお使いに行く時には、はあちゃんが連れて行ってくれる。そこには野菜も果物も乾物もお菓子もあって、はあちゃんが持つ籠に棚の大根や菜っ葉を入れて、お勘定場に行く。恭子の家の近くの商店街にはそんな店はなかったから、珍しかった。

三軒隣の畳屋のタカちゃんと、眉山の金毘羅さんのお祭りの縁日にも連れて行ってくれた。二人が面白がっている見世物は、抱き上げてくれなかったから、見物人の足元しか見えなかったけれど、聞いたことのない音楽や掛け声がにぎやかで嬉しかった。

はあちゃんの帰りが遅い日には、恭子は退屈して、店の一番奥にある大きな仏壇の中に入って見つけてもらうまで座っていた。仏壇は細かい細工がしてあって黒い漆や金色の漆で塗られて、まるでお雛様の御殿のようだ。店のショーケースに置いてある招き猫の隣に座布団を持って上がり、真似をして座っているのを向かいの薬屋のおばさんに見つけられた。ガラスの上からそっとオケネさんが抱き下ろしてくれたが、ひどく叱られた。

終の棲家

独白

それまでも、ほぼ二年おきに暮れになると引っ越ししたが、得度のあとは生活をまったく変えたかった。まずは、東京を完全に引き払い、京都に終の棲家を建てようと考えた。

御池の家は、大通りに面している広い中古の家だった。得度して、現世のすべてを捨て、新生し、書き続けるための新しい自分の生活を始める。住まいも他人の気配のないまっさらな家にしたかった。終の棲家は、奥嵯峨の造成地に、新築の庵を建てることにした。理想は方丈だが、尼が一人で暮らす、ささやかな庵を造ってほしいと依頼した。設計、建築で一年以上かかる。それまでは、上高野に仮住まいすることにした。明けて春、四月から二ヵ月は、比叡山の行院に入る。仮住まいでの生活はそう長くはない。

はあちゃんが東京を引き払い、京都に新しく家を建てると言う。担当の編集者や得度のすべてを写真に記録した写真家の勝山泰祐さんと一緒に、恭子は引っ越しを手伝うことになった。オイルショックで引っ越しに使う段ボール箱が足りない上に、トラックが手配できないと聞いた恭子の夫が、たくさんの段ボール箱とトラックを、どうにか手配した。

荷物の大半が本なので、書店員から出版社勤務になった恭子の夫は、自分の引っ越し経験の多さもあり、荷造りはお手の物だ。美術全集用のほぼ正方形の箱にびっしりとレコードを詰め込んでから、真ん中あたりに、まだ差し込もうとする勝山さんに、

「もう段ボールが膨らんじゃってる。箱はまだまだあるから無理しないで。レコードが割れちゃうよ。だいたいそんなに入れたら重くて持ち上がらないじゃないか」

と声を掛けて、レコードの間に切った段ボール紙を差し込んでいく。恭子の夫の会社はレコードも扱っていたが、「○○ベストコレクション」というように、十枚くらいずつで箱に入っていた。バラのレコードの梱包も手際がいい。

二百枚はあるだろうレコードは、ほとんどジャズだ。はあちゃんは音痴を自称している。ジャズはきっと、よく来ているイノウエさんの趣味だろう。声の大きなその男の人が、何をする人なのかも、どこに住んでいるのかも、イノウエさんという名前以外、恭子は知らない。

「これあげる」

真っ赤なカルティエの箱をはあちゃんが渡した。もちろん中身はない。

タカちゃんが、とがった声で、

「いいわね。カルチエ」

「空箱よ。玲子が使えるでしょ」

「中身は」

「まだ、あたしが使う。時計よ」

「そう」

「これも」

タカちゃんは、かなり疑わしそうな眼をしている。

「我ながら、まあ、ずいぶんいっぱい化粧品を買い込んだこと。ドーランも口紅もこんなにあったかしらね。化粧水やクリームは使うけど、メイクはもう要らないね。カツラも、五つもあったっけ。これも、もう使わない」

大きなドレッサーの前に座り込んだはあちゃんはぶつぶつと言いながら、使いかけの化粧品やいくつものカツラを恭子に渡した。ほとんど化粧をしない恭子の口紅は二十歳の時に買った一本だけだ。

「少しは化粧しなさいよ。つけまつげは新品だし」

「こんなにお化粧品もらっても使い方がわからない」

「婦人雑誌に化粧の仕方が載ってるわよ。これ、もともとは恭子ちゃんのうちからもらったの。全部返すね。あたしが買ったのもあるけど」

たくさんの櫛笄や髪飾りに大量のアメリカピンとユーピンが入った箱だ。鼈甲の花嫁用一式もある。

「恭子ちゃんのおばあさん、おしゃれだったからね。これ覚えてる」

はあちゃんは、懐かしそうに、漆がいまできたもののように光る小さな櫛を見て言う。

「このビラビラは、あんたのおかあさんの嫁入りのかんざしよ。かわいいお嫁さんだったのよ。紋入を染め抜いた風呂敷かけた長持ちや間箪笥を何棹も、それに蓋付きの櫃にお赤飯を入れたのを二つ、棹を通してかついだ行列従えてお嫁入りしたのよ。広いお座敷で『高砂や』って。庭には、大きな池があって、鶴亀の泉水があった」

「そんな大きな家だったのは知らない。庭には池なんかなかったし」

恭子が、そう言うと、

「あれね、あんたの生まれる前に、道路の拡張工事かなんかで敷地が小さくなっちゃったのよ。お祭りにお呼ばれでいくと、お舅さんとその上のおじいさんが裃着て、白い馬に乗った神主さんを広い式台のある玄関でお迎えしてた。商売やってるあたしのうちとは全然違ってて、面白かったわよ」

「戦前は、神主さんが白馬で来てたのは覚えてる。裃は、戦後のタケノコ生活でも買い手がなくて、女学校の学芸会の衣装に使ったの」

「タケノコ生活って?」

「やだ、知らないの。空襲で焼け残った家には、着物があったでしょ。ものすごいインフレだったし、それに新円切り替えになって、戦前のお金は紙切れになっちゃったから、何にもならなかったのよ。食べる物を着物と交換してたの。タケノコの皮をむくみたいだからって、そういう生活をタケノコ生活って言ったのよ」

「へえ」

「はあちゃんところはサラリーマンだから、毎月の収入があって、知らないのね」

「だって、引き揚げてきて、交換する着物なんかなかったわよ」

「そうか」

タカちゃんが、恭子の手からシャネルの口紅とマスカラ、アイライナーを取り上げて、

「口紅はうちも使える。恭子ちゃん、アイシャドーしないでしょ。出かけないって言うし。東京にある着物、全部タカちゃんにあげると言うから、一緒に来たんよ」

と、箪笥から畳紙をどんどん出しては広げている。

買い物や歌舞伎ではなく、主目的はそれだったのか、と恭子は思った。

はあちゃんは、雑誌のグラビアやテレビでは和服が多かったが、撮影がなく出かける時の洋装は、大きな水玉のモノクロのワンピースに長い真っ白なオーガンジーのリボンが付いたツバ広帽子にハイヒール、別の日は大きな花柄のロングドレスに巻き髪のカツラに大きなサングラスだったりした。

ドレスや、流行りのパンタロンスーツなどアトリエ・チセコの作品がほとんどで、マダム・チセコが助手を従えて、採寸や仮縫いによく来ていた。はあちゃんが洋装の時は、会わなくても

「あ、いま出かけたな」とすぐにわかる。エレベーターにむせるほどの香水の香りが残っていたからだ。

「風神雷神は着られる人いないわね。ああ、幻舟さんなら着こなせるか」

と、タカちゃんが眺めている前から、はあちゃんは、さっとわきによける。

舞踊家の花柳幻舟さんは、学生運動の活動家と同じ口調で家元制度打倒を語っていた。確かに奇抜な柄も着こなせる人だ。

この頃、はあちゃんの年譜を作っていた近藤富枝さんは、東京女子大からの友人だと言う。

「使える本を持っていっていいいって言ったから、来たわよ」

本は書架から出して、玄関の土間に積み上げられていた。富枝さんは、そこから、何冊も抜いて風呂敷に載せていった。


一九六七年にはあちゃんが出した『鬼の栖』は富枝さんの伯母さんの嫁ぎ先、本郷菊富士ホテルのことで、本郷ハウスからは目と鼻の先だから、散歩がてらに恭子は娘の玲子と跡地を見に行った。三階建てのしゃれた建物があったとは想像できない、なんということはない丘のてっぺんだ。坂を下りると、井戸端に共同トイレが二つ、真ん中に板で蓋をした溝を挟んで両側に平屋の五軒ずつの長屋を見つけた。

「樋口一葉が住んでいたのは、こういうところだったと思う。戦前の長屋よ。井戸はポンプになっているけれど、昔は釣瓶だったのよ。ほら、トイレは共同で外に二つでしょ。こういうのが普通の長屋」

と、恭子は玲子に教えた。

「時代劇のまんまだ。この辺、焼けなかったんだね、震災でも戦災でも」

「そうねえ」

タカちゃんが広げた時代物の小袖のような柄の着物を見て、富枝さんが笑い出した。

「学園祭で『修善寺物語』をやった時、悲劇なのに瀬戸内さんが下手から出たとたんに爆笑になっちゃって、演出の敦江さんが泣きそうになった」

手伝いに来ていたもう一人のはあちゃんの女子大時代からの親友だというクウちゃんも、大笑いしながら言う、

「客席にいたの。あれ、おかしかったわよ。本当に。敦江さんは、卒業してからしばらく女優さんやってたでしょ。それが、知らない間に、女子大の時の先生と結婚してた。なんといっても、いまは大学教授の福田恆存夫人よ」

富枝さんが、まだ笑いながら、

「だから、演出が悪いはずがない。私だって、自分で言うのもなんだけど、卒業してから、文学座に入ってたし、ＮＨＫのアナウンサーもしてたのよ。いくら学生だったからって、そんなにへたくそだったとは思えないわ」

はあちゃんが、コロコロ女学生のように笑いながら、

「でもね、お稽古の時はちゃんとしてたはずでしょ。二人とも何も言わなかったから」

「それが本番でいったいどうしてあんな出方になったのよ」

富枝さんは、風呂敷の端をぶんぶん振りながらけらけらと笑う。

「あの時ね。涙が出るほど笑っちゃった。なんでおかしいと思ったのかわからないけど、晴美さん、ぷんぷん怒っちゃって、それでまた大笑い。あとで寮に帰って、おせんべいの穴に、北海道から来た人が送ってもらったバター詰めて食べたわね。おいしかった」

戦時中といっても女子大では、そんな暢気なこともできていたようだ。

富枝さんが広げた唐草模様の風呂敷に載せた本の角を揃えながら、クウちゃんが昔話をする。

「まるでお芝居の泥棒だわよ。違う柄の風呂敷がいいんじゃないかしら」

本をいっぱい入れた大風呂敷を背中に担ぎ、手にも小さな風呂敷包みを抱えた富枝さんを見て、クウちゃんが呆れたように言う。

「いいのよ、これがしっかりしてて。持ちきれないから、また明日」

風呂敷だけが歩いているような小柄な富枝さんは「よっこいしょ」と言いながらエレベーターに消えた。

クウちゃんの夫は流行り始めたカルチャースクールの朗読講座の講師で「和製アラン・ドロン」と呼ばれる二枚目だった。「いいとこ見つけたから、クウちゃんもお買いなさいよ」と、はあちゃんに誘われてA棟に住んでいる。女子大時代一時期はあちゃんと同室で、着の身着のまま出奔したはあちゃんを京都駅で迎え、下宿で一緒に暮らしていたこともある親友で、クウちゃん夫妻のラブレターのキューピッドは、はあちゃんだという。

手伝いの中に、はあちゃんの部屋の内装デザインをして家具などを揃えたインテリアデザイナーの月岡さんと、その甥っ子、大学生のコウちゃんがいた。

「あなた、まだ三十代で若いから黒のセーターも似合うけれど、還暦すぎたら暗い色のものは顔のそばに持ってこないようにするのよ。くすんで見えるから」

タートルネックの黒いセーターを着ている恭子に、薄紫のパンタロンスーツに、白いセーターの月岡さんが言う。セーターは馬蹄形に繰ってあり、首のまわりには、オレンジやコバルトブルーの鮮やかな色調の細かなビーズのネックレスを幾重にも重ねて巻いていた。

「これね、アフリカで大量に仕入れたナプキンリングなの。東京で見たら売れっこないと思ったから全部つなげちゃった。顔はお化粧でごまかせるけど、年齢は首や手首に出るのよ。だから、こんなふうに、首は目立つネックレスでグルグル巻きにしたり、スカーフをするの。手首はバングルをするか、できれば長袖ね。五十くらいまでは首を大きく出していたほうがきれいだけれど」

ネックレスはいくつか持っているがこんな長いものをぐるぐる巻くなどとは、恭子は考えたこともなかった。スカーフは、婦人雑誌の記事を見て真似ても、どうもしっくりするようには扱えない。

「フランスにいた十代の頃に、教わったのだけれど」

月岡さんが遠くを見るように言う。

「フランスにいらしたんですか？」

「ええ。父が、外交官だったの。女学校はパリ」

それで、インテリアデザイナーとして活躍するようになったのだと恭子は納得した。雑誌やテレビ、新聞で引っ張りだこのテーブルマナー講師や造花デザイナーの経歴は、たいていそうだ。

「お友達の家でナプキンが出されたら、そのまま汚れを拭くのに使っては駄目よ。ご自分のハンカチをそっと上に置いておいて、ナプキンと一緒にそれを持ち上げて、汚れはハンカチで拭くの。ちょっとした心遣いよ」

月岡さんは、六本木のゴトウ花店のそばでインテリアデザイン事務所を構えていた。この年、一九七三年の春に六本木ロアビルがオープンして、六本木交差点のアマンドからロアビルを越えて鳥居坂ガーデンまでがおしゃれな街に変わりつつあり、その向こうに東京タワーがよく見えた。

コウちゃんは、はあちゃんの執筆のための資料を大学図書館で調べる仕事を請け負っていて、得度の前から恭子とよく顔を合わせていた。

引っ越しの手伝いのある日、お茶の時に、平たいマロングラッセの箱の包装紙を開けながら、

「ここんちで出るもの、食べちゃ駄目ですよ。これは僕がいま買ってきたもんだからいいけど」

と真顔で恭子に言う。

はあちゃんが、出前の八宝菜や時には麺類もラップして冷蔵庫に入れておき、翌日出したりして、イノウエさんに、

「おやめなさい」

と叱られているのは知っていたが、出されたものが食べると危険なほどとは思っていなかったので、ぎょっとしている恭子の顔を笑いながら見て、コウちゃんはいたずらっ子のような言い方で、

「いつのものだかわからないし、食べに来たみたいに言われちゃうんでね」

「そんなこと言われたの」

ある担当の編集者のことを、「あの人、いつも御飯時に来るのよ」と言ったはあちゃんの苦々しげな顔を思い出した。

「ええ」

コウちゃんは笑って首をすくめる。

「ひどいわね」

「だから、持参です」

書き続けたいもの

はあちゃんは、得度してからも、一年くらいは京都と東京を行ったり来たりしていた。百合ちゃんは京都に行ってしまい、辻本さんは現れなくなり、はあちゃんが留守の時、十一階は無人になった。

「鍵、預けとくから、よろしくね」

京都に行く時には、七階の我が家に寄り、恭子に鍵を預けるようになった。

「東京に来る時には、京都を出る時に電話するから、窓を開けたり、エアコンを入れたりしてね。お願い」

「よろしくって、貼り紙しとこうか」

と、玲子が原稿用紙に「御用のある方は７０２号室までお越しください」と書いて、十一階のドアに貼った。

恭子が、はあちゃんの原稿を預かることは前からあったが、貼り紙以来、編集者たちは揃って、

「御用があるので来ました」

と笑いながら来るようになった。

ある夕方、京都にいるはずのはあちゃんが、恭子のところに突然、下りてきた。

「コーヒーが飲みたいんだけど」

「いいわよ」

と、ドアを開けると、ふくれっ面のはあちゃんが、黒い模様のネッカチーフを頭に巻いて、黒いセーターに黒いパンタロンをはいて立っていた。

「得度のあとの週刊誌の記事、読んだ？」

リビングの西の窓のほうに向いた椅子にどさりと座り込んで、夕陽を見ながら言うはあちゃんは、元気のない声だ。

キッチンから返事をした。

「ううん」

恭子は週刊誌は、ほとんど買わない。

「テレビも観てない？」

はあちゃんはキッチンの入り口に立ったままで言う。

「あの頃、テレビははあちゃんとタカちゃんが観てたでしょ」

恭子は、そうでなくても、ニュース以外の番組を観る習慣がない。はあちゃんが出演する時に観るだけだ。得度してから出演していないので、観ていない。

「そうだった」

つぶやくはあちゃん。

「そのあとは、ぎっくり腰で、ほら、動けなかったから」

恭子は、まだ、コルセットをしている。コーヒーのドリップをするために、薬缶と持ち上げても痛い。

「ごめん」

初めて謝られた。恭子がぎっくり腰になった原因は、はあちゃんの得度のショックだし、悪化したのはタカちゃんとうちに隠れていた時に無理をしたせいだった。

「記事がどうかしたの？」

尋ねる恭子に、ひどく不機嫌な声で、はあちゃんが答えた。

「みんなひどいのよ。言いたい放題で」

確か、デビューした時も、ひどいことばかり言われたと言っていた。

「それで怒ってるの？」

恭子が言うと、ぶっきらぼうに、

「怒ってないわよ」

とは言うが、ますます丸く小さくなって、ぎゅっと手を握っている。

「怒ってるように見えるけど」

また、上目遣いになり、

「文芸評論家なんて言われてる人たちや、テレビでよく社会のことを話す人たちがね」

と、はあちゃんはため息をついて、

「あたしが女の業を書き続けてきた、って言うのに腹が立つ」

相槌も打てないほど怒っている。

「あたしは女の業なんか書いたことはありません」

恭子からコーヒーポットを受け取り、食卓に運んで、はあちゃんが言う。

「人間を書いてるのよ。人間を」

ひと口カップに口を付けて、

「愛を書いてるのよ、愛を」

ガチャンとソーサーに置いた。そのセットは、頑張って買った大事にしているものだ。丁寧に扱ってほしい。違うのにすればよかったと恭子は思った。

「文芸評論家の看板を揚げてて、そんなことも読み取れないなんて情けない」

はあちゃんは、吐き出すように言う。

「ちゃんと読めていないんじゃない？」

はあちゃんは、缶から出して並べたクッキーに伸ばした手を止めて、そう言った恭子の顔を凝視した。

「読まないで、人の小説を評論してるってこと？」

はあちゃんの声は、ますます不機嫌になった。

「だって、書き手の書いたように読み取れてないんなら、読めてないのと違うの？」

恭子は思った通りに言ったのだが、はあちゃんの怒りに油を差してしまったようだった。

「そんな失礼なことってある」

三角になって尖った目をして、市松模様のクッキーを口に放り込んだ。

「間違って読んでるのかも」

と恐る恐る言ってみた。

「そんなの偽物じゃない？　文芸評論家なんて看板は下ろしてほしい」

テーブルの下で、足をバタバタさせて、はあちゃんが言う。

「文芸評論って自分で本を探すのも大変だと思う」

恭子は、評論家は、自分で捜索しないで、人の作品をあれこれと論評するので、実は大変な仕事ではないかと、前々から思っていた。

「なんで？」

はあちゃんの怒りの矛先が、恭子に向いてきたようだ。

「だって、毎月たくさん新刊書が出るでしょ。文芸雑誌の連載だって、新聞小説だってあんなにたくさんあるから」

慌てて、恭子が言うと、

「案外、あんたの言う通りかもね。自分で選んでちゃんと読んでなくて、編集者に言われて、ざっと目を通して書いてる評論なのかもしれない」

はあちゃんは、黒い模様の薄いネッカチーフで括った頭を抱え込んで、うつむいてしまった。

「女の業なんか書いたことない。人間が書きたい。人間の愛を書きたい」

呪文のようにつぶやいている。

「書けてないんかしら」

ぱっと顔を上げて真顔で真っすぐ聞かれた。

「さあ」

恭子には返事のしようがない。

「もっと書かなくちゃ」

と言うはあちゃんの目は、夕陽に照らされて赤く光っていた。

独白

　女の業を書き続ける子宮作家と言うレッテルをマスコミは、あたしに貼ったままだ。女の業など書いたこともないし、書きたいと思ったこともない。人間が生きていくことを書きたい。人間と人間が愛し合う、それが男と女であるだけだ。人間の愛を書きたい。愛することが生きることだ。それを書いていきたい。


「京都の家はできたん？」

恭子は話を変えたかった。

「え？」

はあちゃんが、顔を上げた。

「建ててるんでしょ？」

「まだ」

上の空の返事だ。

「じゃ、ホテル住まいなの？」

「ううん。上高野に仮住まい」

家が建ってから、東京を引き払えばいいのに。

「上高野って？」

カミタカノと言われても、恭子は京都のどこなのか、さっぱりわからない。

「大原の入り口、修学院離宮って知ってる？」

はあちゃんの口調から、不機嫌さがだんだん消えてきた。

「聞いたことはある」

「その近く」

コーヒーのお代わりをして、尋ねた。

「建ててるところとは近いの？」

「何言ってるの」

　はあちゃんが噴き出した。

「京都、知らんのねえ」

「知らんよ。そんなに行ったことないもの」

「家族旅行したって言ってたじゃない」

「だって、車で有名なお寺を廻ったから、どこがどっちにあるのかなんて、全然わからない」

　家族旅行の時は、恭子は後部座席に座るので、車外の景色もよく見えない。第一、東西南北のどちらを向いて車が走っているのかなど、恭子にわかるはずがない。

「京都の御所はわかる？」

「二条城ならわかる」

「二条城を真ん中にして、上高野と嵯峨野は、まるで反対側。東と西」

　そう言われても、見当がつかない。

「なんで近くにせんかったん」

「え？」

　せっかく新築するのだから、私なら時々は見に行きたい、と恭子は思った。

「建ててるの見に行くのに不便やない？」

「あ、考えんかった」

二人で話していると、徳島弁のイントネーションになる。

「初めて自分で建てるのに、途中、見たくない？」

「途中って？」

はあちゃんは、人間にしか興味がないと言っていたが、自分が初めて建てる家にも関心がないとは驚いた。

「基礎はどうかな、柱は立ったかな、とか」

「途中を見てもしようがない。建ってしまわないと」

本郷ハウスだって、スケルトンで買うのを決めたではないか。

「そうかねえ」

「わからないじゃない、途中じゃ」

「気にならない？」

「ならない」

大工さんたちを、ねぎらったりするつもりもないのだろうか。

「どんなとこ？」

恭子が尋ねると、はあちゃんは、

「造成地で、なんにもなくて、ドッグレースができそう」

と大きく両手を広げて言う。

「なんだつまらない」

尼さんの終の棲家となる庵だと言うから、静かな山の中とか、森の中とかなのかと思っていた。

「向かいはずうっと畑で、ちょっと先に大文字の鳥居さんが見える」

「山の中なの？」

「昔はそうだったけど、いまは家がたくさん」

恭子には想像がつかない。

「お土産物屋さんなんかがあって、にぎやかなの？」

「観光客が通る道とは違う道だから、にぎやかじゃない」

京都だからと言って、全部が観光地ではないのは当然だ。

「人通りが少ないのね」

「夕方になると痴漢が多いから、女学生の親は車で駅まで迎えに行くんだそうよ」

「用心が悪いわね」

物騒なところらしい。

「化野だから、平安時代は墓場」

「そんなところ？」

玲子が、平安時代は風葬だったと言っていた。野辺送りして、そのまま原っぱに置いてくるのだと。

「掘ったら、骨が出たりしないの？」

冗談に聞いたら、はあちゃんは真面目に、

「出たって、工事の人が言ってた。近所から出たのも、『ここは、坊さんが住みはるんやったら、供養してください』って置いていくんだって」

けろりと言う。

「お坊さんだからいいと思って」

物騒どころか気味が悪い、と恭子は思った。

「いつできるの？」

「来年のいま頃かな」

暢気な話が続いてはあちゃんの顔が和らいだ。いつの間にか夕陽はすっかり落ちていた。

独白

いま、書いている連載の『抱擁』も『蜜と毒』も『色徳』も、男と女を書いているが、女の業を書いてはいない。連載は今年で終わる。

春には比叡山での修行がある。修行を終えて、なお小説を書かせてもらえるだろうか。出家して、人間をもっと書かせてもらえるだろうか。愛を書き続けられるだろうか。バックボーンができるだろうか。

仮住まいの上高野も、来秋には建つはずの奥嵯峨の家も、御池や本郷とは違い、町から離れた山の家だ。サルやイノシシやシカが出ると聞いた。出離者にはふさわしい住まいでも、人間を描く小説を書き続けることができるだろうか。

中尊寺　一九七三年十一月十四日

一九七二年　恭子の回想

一九七二年、はあちゃんは、本郷ハウスと御池を行ったり来たりしながら、前年の一九七一年からの連載を四本持っていた。「婦人公論」に『余白の春』、日本経済新聞に『京まんだら』、「週刊朝日」に『中世炎上』、京都新聞に『現代のことば』。

「京都新聞の連載は月に一回くらいだし、近いから御池で渡すことにしてるの」

と、はあちゃんは言うが、恭子は、御池の家には行ったことがないから、京都新聞社との距離がわからない。

ファクスもメールもない時代だった。原稿は編集者が取りに来るか、執筆者が出版社に届けに行く。新聞連載は専用の封筒があったが、翌日の朝刊の連載分は郵送では間に合わない。手伝いの百合ちゃんは午後五時には池袋のアパートに帰ってしまうので、夜、書きあがると恭子にはあちゃんから電話がかかってくる。

「恭子ちゃん。すぐ、届けてちょうだい。他のも書かなくちゃいけないから」

本郷は、たいていの新聞社や出版社に近い。

恭子は『京まんだら』を大手町の日本経済新聞社に、『中世炎上』を有楽町の朝日新聞社まで歩いて届けに行っていた。その気になれば連載前に、一番目の読者として封筒の中を読めたが、恭子は一度も開けたことはない。

『京まんだら』の連載は毎日紙面で読んでいた。普通の人が入れない一見さんお断りの高級で華やかな色街を描くと謳った連載前の宣伝に「朝刊で読む話かしら」と思ったが、連載が始まると、風間完のはかなげな女の挿絵が、テレビや写真で見る白塗りの祇園の芸妓のイメージとかけ離れていて不思議な感じがあり、文章には寂寥とした風が吹いているような違和感があった。

恭子の家では新聞は五紙購読していたが、週刊誌を買う習慣がないから、『中世炎上』はどんな話なのかまったく知らない。

『余白の春』の担当編集者は、大学の薬学部を出てテレビ東京開局に参加したが、編集者に転職したという経歴の細身で小柄な、いかにも有能そうな人で毎日のように来ていた。ある朝、恭子が掃除機をかけていたらチャイムが鳴り、

「先生が、まだ、こちらにいらっしゃっていないから、預かっていただきたいの。金子文子と朴烈の裁判資料です。お昼前には着かれるはずです。私、今夜は伺えないんですが、明日朝には入稿しなくちゃいけないので、申し訳ないけれど、届けていただきたいんです。お願いします」

と早口で言って、封筒を置いていった。二人の名前から、『余白の春』は大逆事件がテーマだと恭子は知った。こういう時には、京橋の中央公論社にも、ときどき届けた。

一九七二年の六月から十二月までは「旅」（日本交通公社）にも、旅の思い出を連載していた。恭子の家が、お正月と夏休みに家族旅行ができるようになったのは、この五年くらいのことだ。グラビアがきれいなので、美容院では広げたが、気ままな一人旅や、友人との海外旅行、取材旅行などは、「兼高かおる世界の旅」をテレビで観るのと同じで、恭子には、まったく関係のない別世界の話だった。

新聞広告で、「群像」や「文藝春秋」にも短編小説を発表したことを恭子は知った。新聞を開いて、

「柱に名前が載ると嬉しいものよ」

と、にこにこして言うが、「柱」が何かわからない。どうやら、広告の両側に大きく出ることのようだった。

新刊は、毎月のように書店に並び、一九七一年三月には筑摩書房から全八巻の作品集の刊行も

始まった。新聞の広告欄に名前を見ない週はなかった。

京都と東京を新幹線で往復し、海外にまで取材に飛び回り、編集者や古書店から届けられる資料を読み、テレビ出演をし、芝居を観に行き、祇園や新宿のゴールデン街で遊び、この膨大な原稿を書けるのは、切り替えの早さと人並み外れた集中力と健康な体力があるからだと思った。おまけに、その間に、何人かの男たちとの逢引きもしている様子だった。

「そんなに出歩いていて、よく書く時間があるわね」

「時間は取られるけど、書くことで元は取れるのよ。全部」

原稿の入った封筒を渡しながら、くしゃっとした笑顔で言うその言葉には真実味があった。


一九七二年はいろいろなことがあった。


二月、札幌オリンピックで、笠谷幸生選手が日本人初の冬季オリンピック金メダルを取ったニュースを見ながら、

「ジャンプの選手たちを『日の丸飛行隊』って呼ぶのっていやね。飛んで行って帰れなかった特攻隊のご家族や恋人はどんな思いで聞くかしら」

はあ　ちゃんは終戦の時に二十三歳。特攻隊員と同年代だ。兄弟や夫や恋人が飛び立って帰れ

なかった友人もいるのだろう。

「三十年も経っていないのに、無神経な命名ね」

「すっかり忘れてるんじゃないの」

二人で呆れたが、渡された原稿の封筒は新聞社の通用口に届けた。

オリンピック閉会式の六日後に起きた浅間山荘事件では、生中継されるテレビにくぎ付けになった。駿河台などでの学生と機動隊の衝突現場などで、通りがかりに巻き込まれ投石の被害に遭った無関係な人の災いではなく、警察と銃撃戦をする凶暴な若者に人質にされた方の恐怖はいかばかりだっただろう。

三月に報道された同じ組織による山岳ベース事件の陰惨さは、日米安全保障条約反対や大学内の待遇の是正などという生活感のない流行りのように思っていた学生運動が、暗いドロドロとした男女関係のもつれをも含めてリンチ殺人を平然と繰り返すテロ行為を生み出したことに、止められなかった親、見て見ぬふりを決め込んだ周りの大人たち、なにより時にはもてはやすような報道をしていたマスコミの責任は、これから追及されるのだろうかと考えさせられた。

恭子の娘の通う中学校のすぐそばの清水谷公園がデモの集合場所になっていて、デモがある日には授業が二時限で帰宅となっていた。

「危ないから帰宅って言われるけど、デモの参加もできるよねえ」

半分本気で言う娘に、恭子は学生運動に入りはしないかとハラハラしていたが、高校に入り、ロックアウトのあとの校舎の荒廃に、

「初めは校舎には蔦が絡まってるし、廊下はシックなグレーの研ぎ出しで、なんて素敵なのと思ったの。それが、掃除の前に先生が『リノリウム張りなんですよ。汚れと鳩の糞だから、吸い込まないようにマスクをして静かに、隅までデッキブラシで洗ってください』って。一週間掃除したら、グレーは全部汚れでキレイになったら、真っ赤なの。建物の中をデッキブラシで洗うなんて、ひどいと思わない。病気になっちゃいそうよ」

仰天して学生運動に嫌気が差したらしいところに、浅間山荘、山岳ベースと暗部がテレビで報道されるのを連日食い入るように見て、すっかり熱が冷めたようだったが、ニュースで映し出される、高松塚古墳を見て、

「見に行きたいね。すごいねえ、高松塚古墳の壁画！　考古学したいな」

と、興奮しているのは拍子抜けだった。

モロッコ革の宝石箱から大事そうに取り出して、はあちゃんが、

「これ、川端さんの奥さんのお薦めで買ったエメラルドよ。いいでしょ。ノーベル賞受賞のお祝いには、円地さんと鎌倉のお宅に伺ったのよ」

と親交を話していた川端康成が逗子の仕事部屋でガス自殺した四月も、コメント依頼やら取材

やらで遅れたが、原稿は締め切りにギリギリ間に合う時間に届けることができて、連載は滞ることなく続けられた。

「菊田一雄さんと沖縄に講演旅行でご一緒した時ね、琉球紬の店で、『瀬戸内君は着物に詳しいから選ぶのを手伝ってくれ』とおっしゃって、プレゼントする女性たちの特徴を次々あげるの、トランク一杯になったわよ。『いや、ありがとう。助かった。君は琉球髷がよく似合うねえ』なんておっしゃるのよ。ちょっと嬉しくなるじゃない。艶福家の噂は聞いていたけど、驚いたわよ」

沖縄が本土復帰した五月十五日、はあちゃんの誕生日祝いに集まった皆に、そんなエピソードを嬉しそうに披露していた。反権力の女たちを書いていても、現実の沖縄の終わらない戦後について触れないのは、席を白けさせないためなのだろうかと恭子は思った。

特別な日でなくても、はあちゃんの部屋には、編集者や写真家、評論家、テレビで見る俳優や女優、思いつめた眼をした女たちなどがサロンのように集まることがよくあった。そんな時には、百合ちゃんが、

「すみません。お醤油切らしちゃって。できたら、黒コショウもお借りできますか。それと、来ていただけると嬉しいんですけど」

と、恭子のところへ階段を駆け下りてくる。その日も、やってきて、

「急にお誕生日会をするって、お客様が次々いらして。すみません。手伝っていただけませんせん

か」

「誰のお誕生日なの？」

「先生のです」

困り果てて疲れたしかめっ面が、きょとんとした少女らしいかわいい顔に変わった。

「やだ、ご存じなかったんですか。お従妹さんなのに」

「だって十一も違うのよ、それに昔はお正月で歳を数えてたから」

この年は、スモン病、イタイイタイ病、四日市喘息などの問題も大きく取り上げられた。本郷ハウスは高台にある。風のない朝、西向きのカーテンを開けると、後楽園の交差点がピンクがかった灰色に沈んでいた。

「水道橋の駅に行く時、空気が臭いよ。本郷三丁目は坂を下らないから臭わないけど。修学旅行から朝早く帰った時なんか、咳き込んじゃった。京都や奈良は空気がいいんだね」

中学の時は国鉄の水道橋駅を利用していたが、高校になり地下鉄の本郷三丁目駅を使って通学する玲子が言う。家族旅行の帰りに、夕方、車で中央道の談合坂サービスエリアを過ぎて八王子に入ると、前方には東なのに赤灰色の空が広がっていた。一九六〇年の暮れに東京に来てから、街に出ると鼻血が出るようになった。通勤していた時も、買い物に行く時も、恭子はバッグには綿球と濡らした小さなハンカチを必ず入れていた。

公害問題が次々と明るみに出たのは、翌一九七三年だった。

戦争の痕も町からは消えて、庶民も贅沢な生活に慣れ始めていた時に、突然、オイルショックが起きて、世の中は騒然となった。

恭子にとって、もっとショックな事件が、この年の秋に起きた。古典文学の世界のような、突然の出家、得度が、現実の世界で身近に起きたのだ。しかも、それがはあちゃんだった。

得度前夜　瀬戸内晴美の回想

得度の日が決まってから、週刊誌二本と文芸誌一本の連載を何回分か書き溜めしようと考えていたが、結局、晴美には、できなかった。

海外旅行の時も編集者に、

「瀬戸内先生、帰国されるまでの三回分を出発前にお願いしますよ」

と言われても、渡せたことはない。滞在先のホテルの部屋から国際電話で新聞連載を口頭で毎日送り、乗り切ったこともあった。

「ほんとうに息の合ったコンビね。あたしたち」

と帰国して原稿を取りに来た担当者に晴美が言うと、彼は飲んでいたお茶にむせて咳き込んだ。一週間ほどして、同じ新聞のインタビューに初めての記者が一人で来た。

「今日は新人さんがお一人なのね。いまの担当の方と、とっても気が合うんだけど。あなたがまとめるの」

と言う晴美に、若い記者はきょとんとして、こう言った。

「電話で先生からとつなぐと、先輩、窓に向かって突進するので、みんなで抱き留めて大変なんですよ。仲が悪いのかと思っていました。先週、毎日、ヨーロッパの違うホテルから着信者払いの国際電話で原稿が送られたので、先生の電話と言うと強迫観念に襲われるらしいんです。一週間で白髪が目立つようになりましたよ。先輩」

嫌われているとは夢にも思っていなかった。連載を最後まで書き終えてから渡す作家もいるが、晴美にはできない。特に新聞連載は読者の反応を見て派生する話もできるし、登場人物たちが話したり動いたりするのを毎日感じながら進める癖がある。


前日、日中に中尊寺入りする予定だったが、締め切りに追われ、日が落ちる頃に、仕事着の黒いセーターに黒のパンタロン、黒の毛皮のロングコートに帽子で飛び出した。

「これ、この頃の流行りよ。手に提げるおしゃれなハンドバッグは仕事する女には不便だから、大きめのがいいわ。取材旅行も多いから、ボストンバッグも揃えちゃいましょう」

「でも、なで肩だからショルダーは苦手」

「ストラップをこういうふうにまとめて持つの。ひったくり防止に人ごみでは斜めがけできる長いストラップがいいのよ」

と、去年、月岡さんの見立てでパリで買ったショルダーバッグを、教わったように、ストラップをまとめて晴美は手に提げる。お揃いのボストンバッグには、いつもと同じように原稿用紙の束と万年筆とインク、国語辞書、洗面道具と下着の着替えを少し。それに、志ま亀から届いたばかりの晴着一式を紫の風呂敷に包んで入れた。


得度式に臨む晴着は、志ま亀で下着からすべてあつらえた。女主人と相談して選んだのは、鶯色に扇面の色留袖に瑞雲の袋帯。

「紋はどうされますか。女の方なので、ご実家のご紋でなくてよろしいんですよ。お好きな紋をお選びください」

と訊かれ、広げられた紋帳を幾度もめくり揚羽蝶にした。義経ゆかりの中尊寺での式に、平家の紋。

女主人は、

「華やかで結構ですね。大きなお祝い事にお似合いです。おめでとうございます」

と笑顔で祝ってくれた。

得度とは、仏の花嫁になるという言い方もある。お祝い事には違いない。しかし反対に、法名は戒名でもある。得度とは、生きながら仏の世界に入ること、つまり生きながら死ぬことでもある。

上野から東北本線特急に乗り、一ノ関で降りる。駅に迎えに来てくれた僧の車は、衣川を渡り、関山を静かに登っていく。緩やかな坂道の両側には、杉の大木の幹が闇の中にしんと、そそり立っているばかりだ。通ってきた小さな街の、笑い合い、話し合い、悲しみ、諍い、慈しみ、祈り、それぞれの灯がすっかり見渡せる。あのかすかな明かりの一つ一つの下にそれぞれの生活がある。

得度式に参列してくれるよう頼んだ皆は、すでに宿坊の東稲荘に到着し、遅い夕食を待っていた。現世から出離するのを見届けてもらう人たちだ。座敷に座るのに裾を引くパンタロンでは不具合なので、晴美はベージュとオフホワイトの大きなチェックのスカートに穿き替えた。これが、最後のスカートになる。

姉夫妻は、お通夜のように沈み込んでいる。

「お母さんがおらんでよかった。あんたが髪を落とすなんて見せられん」

姉は涙目でつぶやく。晴美の母は、終戦の六週間前の大空襲で、中風で足が不自由になっていた祖父をかばい、作業場にしていた蔵の中に造った防空壕で亡くなったと、翌年の夏、引き揚げてから姉に聞いていた。

「黒のデシンのワンピース着てたんよ。背中は真っ黒に焦げてたけど、じいちゃんに覆いかぶさってたから、顔や胸はきれいやった」

町内の大日本婦人会会長が、モンペではなくデシンのワンピースで防空壕に入った。逃げるつもりはない覚悟だったのだろう。

「お父さんやって、『大鬼になれ』と言うたと、あんたは言うけど、髪を剃って坊主になるとは思わなんだやろ」

晴美の父は結核の療養中に、

「小説家になるためには、大先生に束脩（そくしゅう）が必要です。送金をしてください」

という晴美の手紙を読んで、

「のんびり隠居して養生してはおれん。ストマイで、ずいぶんとようなってきとる。ここで、もうひと働きして、金を送ってやろう」

と、世話をしていた人に言って、

「なんにでもよう効く金毘羅灸いうチラシが入っとったな。ちょっと行ってくるわ」

と自転車で出かけ、金毘羅灸を頭のてっぺんに据えてもらい、脳卒中で亡くなった。葬儀で、晴美の姉は、

「あんたが殺した」

と、睨み据えて泣いた。

父の一番弟子で晴美の姉の婿養子に入った義兄は、

「シベリアに抑留されとった時は、仏壇や神輿を造っとった指物大工の腕が買われてな、戦友には申し訳ないと思うたけど、特別待遇やった。スターリンの煙草入れも作ったんよ。でも、重宝がられて皆より日本に帰るのが遅うなった」

と、得度とは関係ない話をぼそぼそとしていた。


晴美の幼馴染のタカちゃんは、所在なさげに晴美の姉の隣に座っている。

三軒隣の畳屋のタカちゃんは、小学校に上がった頃からの晴美の親友だ。小学校も女学校も、毎朝、学校に行く時には誘うが、一人っ子でわがままなタカちゃんは、ぐずぐずと駄々をこねてなかなか出てこなかった。

「うちは日本女子大だったから、目白と西荻窪で、普段はあまり会えんかったけど、休みに徳島に帰る時は、いっつも一緒だったねえ」

もう孫もいる、小太りのタカちゃんは、少し酔いが回って、懐かしそうに同じことばかり言っている。北京から引き揚げて、徳島駅に着いた時に偶然会って、母と祖父が空襲で焼け死んだと、晴美に教えてくれたのはタカちゃんだった。

得度式が終わったら、しばらくかくまってもらう約束を晴美はしていた。

着の身着のままでの出奔後、少女小説で一本立ちするまで京都での晴美の生活を支えてくれたクウちゃん。

東京女子大の寮は、原則一人部屋だが、建て替えの都合で一年間だけ、晴美はクウちゃんと二人部屋になった。二月の試験明けの頃、チッキで駅に届いた荷物を受け取りに行くと言うと、

「重いかもしれないから、付き合ってあげる」

両親は和歌山の人だというが、植民地である台湾育ちのなまりのない標準語だ。植民地の女学校は一年早く進学できるから、学年は一緒だが、晴美より一つ年下だった。

「お母さんから、いろいろ送ってくださるのねえ。うちね、母がいないの。父だと、やっぱり違うわね。なんだか気が利かない」

「お母さん、ご病気だったの？」

「ううん。病気じゃない。お雛祭りの日に、御馳走が待ってると嬉しくって、妹たちと走って学

校から帰ったら、お雛様を飾った座敷の真ん中で、首をくってぶら下がってたの」

まだ女学生っぽいクルリとした目がちょっと曇った。部屋ではまったくしなかった話を、まるで新聞を読むようにさらりとした。

この三年は、晴美と同じ本郷ハウスの別棟に住んでいるので、よく会うようになっていた。英会話が堪能でガイドと通訳の資格を持ち、ヨガ教室に通い逆立ちが得意で、息子が二人いる。

学生の頃には、きらきらと好奇心が光っていた丸い目は、暗くどんよりと曇り、日によっては頬がゆがんでいることもあった。晴美の目も、出家を決める前には、あんなふうにどんよりしていたのだろうか。会えば、夫の浮気話の愚痴ばかりでしおしおしている。

「あんなにお熱いラブレター攻めだったのに、浮気するのねえ、男って」

晴美が同情して言うと、

「仕方ないわよ、あんなに素敵なんだから」

「あら、ごちそう様」

「自慢できるくらい素敵だから、私以外の女も好きになるんじゃないの」

クウちゃんは言う。

「じゃ、公認なのね」

「でも、いや。次々よ」

「決まった女でないなら、かえっていいじゃない」

「玄人さんなら我慢する。よその奥様たちよ」

「人の女を盗むのって、男の憧れらしいわよ」

「憧れられるような人妻ならまだいいの」

「みっともないの？」

「見た目はみんな、そりゃ、お美しいわよ」

クウちゃんの口の端がぎゅっと右に曲がった。

「内面がみっともない女たちなの」

「どうして、内面がわかるのよ」

「いま、お帰りになりましたよ、なんて電話してくるような人たちなのよ」

「それはマナー違反ね」

「浮気するのにマナーなんてあるの？　そんなの聞いたことないわ」

晴美の情人が、妻のある人だと知っていて、どんよりした目で聞き返した。

「あるわよ。家庭には入り込まない、金銭的に迷惑を掛けない、とかいろいろ」

「浮気を始めた時に、すっかり家庭に入り込んでるじゃない。調子がいいわね」

そんな会話の時の勢いはすっかり消えて、今夜はひっそりと晴美の義兄の隣に座り、時折ロシア語の単語が混ざる抑留話の聞き手になっている。

晴美のカトリックの勉強に、何年間も付き合ってくれていた月岡さん。

外交官の父とパリで青春を送り、建築家の妻となって、戦後のアメリカナイズされた生活に憧れるブームに乗り、インテリアデザイナーとして、少女雑誌や婦人雑誌で大活躍している。ヨーロッパの友人網を使い、洗練された北欧の家具や食器などの雑貨を直輸入して成功した。

「アフリカのことって日本人はエジプトくらいしか知らないでしょ。アルジェリアとかフランス領だったところの物って素敵なものが多いのよ。ほとんど他の国では見られないから。アフリカのファブリックの色彩って原色で珍しいでしょ。木彫りの象やライオンの置物も、丁寧にできていていいのよ」

そんな雑貨も小物、アクセサリーも商社を通さないから安価で、雑誌のグラビアでの写真映えもよく、人気だった。晴美より十歳年上だが、二人は気が合った。

年下の男との別れがずるずると心の中で尾を引いて、それと向き合わずに、晴美が、がむしゃらに書きに書いていたある日、一緒に買い物に行ったデパートで、下りのエスカレーターを上ろうとして腕を引っ張って止め、

「この頃変だとは思っていたけれど、大丈夫じゃなさそうね。このますぐ、先生のところに行

きましょう」

　と高名な精神科医の研究所に晴美を連れていってくれた。

「ノイローゼですね。しばらく通ってください」

　それからの治療にも付き添ってくれた。

「しっかりした頼れるものを、自分の中に持ちたいのよ」

　と、ある日の治療の帰り道で晴美が言うと、月岡さんは、

「信仰があれば、少しは楽なのにね」

「そうかしら。キリスト教を勉強してみようかしら」

「それなら、司祭様を紹介するわ。一緒に勉強するのはどうかしら」

「教会に通うってこと」

「ううん。いらしていただくの」

　翌月から、晴美は月岡さんと司祭を招いての聖書の勉強を始めた。

　月岡さんは英語もフランス語もドイツ語も自由に話せるので、一緒に行ったヨーロッパ旅行は本当に楽しい思い出になった。

「イタリアでお祭りの時に、広場で出会った二枚目と道で踊ってたら、カツラが飛んじゃったの覚えてる？」

「あーら、ってぱっと拾って被ったら、二枚目さんが仰天してどっか行っちゃったのよね」

「あれは無礼者だったけど、髪を全部剃っちゃっても、カツラを被って、また出かけましょうよ」

「そんなことしないの。そのままで遊びに行くわ」

「まあ、勇気あるわねえ。でも、映画に出てくる尼さんみたいな白い頭巾を被るんじゃないの?」

「それがね、天台宗は頭巾は被らないんですって」

「あらまあ。宗派によって違うなんて、調べなかったの?」

「ファッションで出家を決めたんじゃないのよ」

「ごめんなさい。でも、あれ、結構色っぽくて素敵なのにね。海外に行く時はどうしたらいいの」

「いつも僧衣を着てなければいけないということはないんですって」

「何か被ったりしちゃいけないのかしら」

「作務衣を着て帽子を被るわ」

「あのね、フランスじゃ、戦後、ナチに協力した女たちが坊主頭にさせられたのよ」

「罪人に見えるかしら」

「うーん。戒律で許されるのなら、ヨーロッパに行く時には、素敵なスカーフを巻きましょ」

「スカーフを巻くなら、作務衣は似合わないわね」

「そうね。マダム・チセコに、仕立ててもらうのはどうかしら」

「尼さんに似合う洋服？」

「デザイナーの腕の見せどころじゃない」

「でもチセコさん、派手な花柄が好きよ」

「じゃあ、別の誰かに頼めばいい」

ビールをぐっと飲みほして、月岡さんがカトリック信者らしからぬことを晴美に言う。

「カトリックにしなくてよかったわね。修道院に入っちゃったら、しばらくは、なかなか遊びには行けないわよ」

「そうなの？」

「そうらしいわよ。修道院長の許可がないと出られないって」

「それはそうでしょうね」

「尼寺に入ったりしないんでしょ」

「お寺には入らない。比叡山の行院の修行にはいくけれど」

「そう。京都に住むの？」

「そのつもりで、探してもらったの」

「建てるの？」

「俺をね。ねえ、一緒に住まない」

月岡さんは赤坂のマンションに一人暮らしをしている。マンションはホテル形式で、清掃員が毎日部屋に掃除に入る。ある日、リビングの椅子とテーブルの間に倒れている月岡さんを清掃員が見つけ、救急車で運ばれたことがあった。

「いやよ。一人がいいの」

「また、ああいうことがあるかもしれないから」

「いいえ。第一、あなたと一緒に住んだりしたら、美容院に行く暇だってないわよ」

「そんなことないわよ。ただ、いてくれればいい」

「そうはいきません。東京がいいの。新しいおうちに遊びには行かせてもらう」


祇園のお茶屋・竹乃家の女将は、晴美が新聞連載していた『京まんだら』のモデル。東京の小学校を卒業して祇園のお茶屋に女中奉公に出て、独り立ちした働き者だ。清水の三年坂に小さな旅館も持っている。

「満映（満洲映画協会）の甘粕さんのお手紙、大事に持ってます」

と見せてもらったことがある。甘粕正彦は伊藤野枝と大杉栄、幼い少年を関東大震災のどさくさまぎれに殺した男だ。

「優しいお人やった。この街に来てすぐの頃、うちはご飯炊くんが仕事やったから、いっつも手が真っ黒で赤切れしてたんを、お湯であったためた手ぬぐいでそっと包んで拭いてくれはって、ワセリンを塗ってくれましたんえ」

別人ではないのか。十二歳の少女にそんなに優しい男が、少年を殺害できるだろうか。無慈悲で非道な冷血漢のはずだと晴美は思っていた。

祇園の女たちは決して外の人間に口を開かない。売れっ子の芸妓が、

「ご自分が働いたお金で呼んでくれる人は、信用できます。なんでも聞いとくれやす。大きなお店の旦さんでも、店の名前の領収書を切らせて、ご自分がお友達を遊ばはるのんを交際費にするお人もいてはりますえ」

と言うと、他の芸妓や舞妓たちもうなずいた。

関西きっての高利貸しの鮫島氏。女将さんの現在のパトロンで、連載中の『色徳』のモデル。『女徳』のモデル、祇王寺の智照さんに紹介してもらって以来の付き合いだった。

晴美が主人公の出家の場面を書くための資料を、京都の古書店で探していた時、通りがかりの老僧が、

「あんたのためやな」

と晴美に言ったことがあった。

「いいえ。小説の資料です」

「きっと、あんた自身のためになる」

自分が出家しようなど、あの頃はみじんも考えていなかった。そんなことを思い出しながら、
鮫島さんの隣に座り、

「遠方まで、お運びいただき、どうもありがとうございます」

と頭を下げると、
齢七十五歳にしては元気だが、かなり酔いが回った顔で、

「あのお坊さんは、現世の人やったんかなあ。ようこの日を、予言されたなあ」

「あのお坊さんって、どうして知ってるの？」

頭の中を覗かれたようで、晴美はぎょっとした。

「忘れん坊さんやな。隣で聞いとったわ」

一人だったと記憶しているが、そうだったのか。

「髪のある姿での最後の宴や」

と言うと、女将さんが、膳に添えられた徳利を、晴美にそっと差し出した。

「明日からはお酒やのうて、般若湯、言うんやな」

得度式　十一月十四日　恭子の回想

「テレビに出ると作家としての価値が下がるからおやめなさいって言われたのよ。でもテレビに出たら、観ている人が本を手に取りやすくなるんじゃないかと思うんだけど」

テレビ放送では、ニュース、報道、教育、ドラマの他に、トークショーが始まり、芸能人に加えて流行作家、教育評論家などが日替わりゲストとして出演した。はあちゃんは、早くから出演依頼を断らなかった。一九六〇年暮れには自宅で収録もしていた。ゲストではなくレギュラーになると、風神雷神、ドクダミ、ステンドグラスなどの絵柄の作家物の着物姿が多くなった。派手な和装は、テレビの前の主婦の羨望ではなく反感を買うのではないか心配だった。

「何よあれ。自分で働いたお金で買っているのはわかるけど」

「エッセイで読んだんだけど、せっかく、ご主人も赤ちゃんも無事に一緒に引き揚げられたのに、その子どもも亭主も捨てて、家を出る原因になった男とも別れて、独り暮らしの上に、家のことも人任せなんだって。自分のしたい仕事だけしてるのよ」

「同じくらいの才能があっても、家庭があったり、親がいたりで、好き勝手できない人を、自分の才能を開花させる決断しないからだ、甘いって見下してるんじゃないの」

「女学校は学徒動員で授業がなかったじゃない。大学進学したいなんて、焼け跡のバラックで言えなかったわよ。少し年上だから、女学校もちゃんと卒業できて、女子大を出てるのよ。ちょっとくらい知ってることが多いのは当たり前じゃない」

という、はあちゃんと同年代の女たちの会話がデパートや歯科医の待合室で恭子に聞こえることも、よくあった。

大正生まれの女たちは、青春を戦争の中で送り、兄や恋人、夫が戦死し、空襲で家も家財も焼かれた人が多い。それでも、戦後、自分の身なりよりも家族の暮らしを最優先に、懸命に働き、いまがある。焼け野原の街にはビルが建ち並び、戦前に構想されていた弾丸列車は新幹線として時速二五〇キロで東海道を駆け抜け、海外旅行も庶民に手が届くようになった。

生活のために進学できなかった、女たちの勉強したいという欲求は、テレビの教養番組や新聞社が始めたカルチャーセンター、デパートの友の会の講習会が吸い上げていた。

恭子は、ほとんどテレビを観ないけれど、はあちゃんは自分が出演した番組のことを、

「どうだった？」

と必ず恭子に尋ねるので、毎朝、新聞のテレビ欄を確かめて、見落とさないようにしていた。

この頃は、ＮＥＴテレビの奈良和モーニングショーの水曜日のレギュラーになっていた。生放送なので、帰ってくるとすぐに電話がかかる。

十一月十四日も恭子は奈良和モーニングショーをつけていた。いつもの「女の学校」コーナーに、はあちゃんの姿がない。落ち着いた声で「本日十時に中尊寺で得度出家します」というはあちゃんの手記が代読された（「文藝春秋」二〇二二年一月号で代読したのは下重暁子さんだったと明かされた）。毎日のように顔を合わせていたのに、恭子は何も聞いていなかった。驚いて椅子から立ち上がったら、腰に激痛が走った。ショックでぎっくり腰になったらしい。

再び晴美の回想

「得度にあたってのリハーサルはしないほうがいい」

と今春聴（東光）師が決めた。

「教授師の杉谷義純です。こちらが得度式次第です」

出家前夜、息子のように若い僧正が、晴美に静かに言った。

「得度する者は、朝風呂で身を清めます。朝六時に風呂に入ってください」

昨日の朝、晴美が、いつもより念入りに洗った長い髪は、香りのするものは付けず、櫛笄は一切使わずに自分で結い上げた。宿坊の部屋に風呂はない。廊下は中庭を廻って風呂に向かう。昨夜はまったく見えなかった、燃えるような紅葉が、黒と見まごう緑の苔に散っていた。

「この時期は、山内の紅葉が、それはきれいだよ」

という今大僧正の言葉を晴美は思い出していた。紅葉の季節だと、まったく考えてもいなかった。見るべきものは見てしまったように思うが、どんな時のことも、人の言葉や表情は思い出せるのに、その時、庭に何が咲いていたか、窓から見える山がどうだったかは、晴美にはまったく記憶になかった。

風呂から上がり控室に戻り、鶯色の色留袖に嵯峨錦の帯を締め、鏡を見た。ふすまの外から、教授師の声がした。

「杉谷です。ご用意はお済みでしょうか」

「はい」

ふすまを開き、昨夜の法衣とは違う正装の教授師がスッと入り、

「作法、経文、印など、本日の式については、すべて私がする通りに真似てください。ずっとそばにおりますので。では、参りましょう」

と晴美を促した。

得度式は啓白三宝、剃髪着衣、三帰授戒、発願勧修、回向法楽の順に行われる。

「第一鐘　知己、親族、父母　入堂着坐」と式次第にはあるが、鐘ではなく太鼓が打たれた。

「第二鐘　和上、衆僧、弟子　入堂列坐」、弟子とは得度するもの、つまり晴美だ。出家を、た

だ一人理解し、得度を許可した中尊寺貫主今春聴大僧正は結腸癌が悪化し病院から出られない状態だったので、戒師は寛永寺貫主杉谷義周大僧正となった。

この戒師交代は「小説家瀬戸内晴美」の、出家の決心を本物と見抜いた今東光氏の計らいだったことを、晴美は知らなかった。

今氏は大僧正であり、中尊寺貫主の高位ではあったが、天台宗の中では主流派ではなかった。東叡山輪王寺門跡寛永寺貫主、いわゆる上野の寛永寺の貫主である杉谷義周大僧正は、天台宗の中の重鎮であり、その方を戒師に得度することは、杉谷大僧正の仏弟子になる、つまり天台宗の主流派に連なることになる。

五十一歳の瀬戸内晴美が、これからの数十年間、天台宗の僧侶として生きていく上で、大変大きな後ろ盾となる。そのことを、今氏は瀬戸内本人には告げず、親しかった杉谷義周氏に頼み、杉谷氏が引き受けた。

天台宗を深く学び、高位の僧侶となっても世間では「エロ坊主」と呼ばれる自分が、ベストセラー作家になっても、文壇デビューの最初に貼られた「子宮作家」のレッテルを剝がしきれない瀬戸内晴美の仏道の師匠では、まともに扱われないだろうという配慮だった。

衆僧は二十人ほど。延暦寺、寛永寺から出向いてくれた高僧たち、中尊寺の高僧たちが七條袈裟をつけ威儀を正して列坐している荘厳さは平安絵巻のようだ。七條袈裟は法服とも言われ、法衣として最高の儀式服で、金襴緞子の袈裟だ。こちらもきらびやかな袍裳(ほうも)の下は衵(あこめ)、単(ひとえ)、大帷(おおかたびら)、表袴(うえのはかま)、大口、襪(しとうず)、檜扇(ひおうぎ)、長い水晶の装束数珠は房も長い、そして白い帽子(もうす)を首にかけている。

本堂は広く、扉はすべて開け放たれている。

約束では、マスコミは一切いないはずだったが、何かの手違いで、新聞、雑誌、テレビ各社の二十人ほどが、廊下の壁際に、ずらりと待ち構えていた。

教授師に付き添われ晴美が廊下を曲がると、唄師の伽陀(かだ)、偈(け)で、仏徳を賛美する四句の詩に音律を付けてゆっくり朗誦する声が高い天井に響き荘重に聞こえてきた。天台声明(しょうみょう)の大家である誉田玄昭僧正が、比叡山から列坐してくれていた。

「独唱が合唱になったら入堂です。戒師の経机の左に着坐してください」

ぴったり横に就いた教授師の小声の指示は続く。

「戒師に倣って五体投地礼(ごたいとうちらい)をしてください。私を真似て」

晴美は立ち上がり、合掌し、正坐に戻り両掌は上に向けて両肘から両腕を床に向けて上体を投げ出す。両掌には仏足を押し頂くので、決して床に付けてはならない、という。本来は屋外で五体投地礼を行うので、大地に平伏す。

戒師が、祈りの初めに、仏と仏法と僧に帰依し礼拝する三礼如来唄(さんらいにょらいばい)を、長い柄の柄香炉(えごろ)から香煙を燻らせながら唱える。

次に、厳かに表白(ひょうびゃく)を読み上げた。表白とは、この式の主旨を述べ、仏に祈りを捧げることだ。

「謹み敬って久遠実成釈迦世尊(くおんじつじょうしゃかせそん)、十二大願医王簿伽(じゅうにだいがにおうぼぎゃ)、西方能化弥陀種覚(さいほうのうげみだしゅがく)、本迹二門一乗妙典(ほんじゃくにもんいちじょうみょうでん)、普賢文殊諸大薩埵(ふげんもんじゅしょだいさった)、天台伝教列祖先徳(てんだいでんぎょうれつそせんとく)、乃至十方三世一切(ないしじっぽうさんぜいっさい)の三方にもうしてもうさく。まさにいま、南瞻部洲(なんせんぶしゅう)大日本国奥州陸奥国平泉中尊寺、御本尊宝前に、善女子新たに正真の道意を発し、たちまちに得度受戒の素懐を遂ぐることあり。

其旨趣如何となればそれ、人身受け難きこと、瑞花(ずいけ)を水中に見るがごとく、仏法逢い難きこと、浮木を会場に得るに似たり。ここに善女人、宿善内に発して、人中善趣の生を受け、機縁外に催して如来円頓(えんどん)の教えを聞く。

このとき勤めずんば将来悲しむべし。これにより華髪(げはつ)を剃りて釈門之遺弟に列なり、戒品を持して台門の仏子となる。有倫(うりん)これにおきて傾き、無漏(むろ)これにおきて萌(きざ)す。冀(こいねがわ)くは十方諸仏、摩頂随喜(まちょうずいき)し、三界諸天、授手擁護(じゅしゅおうご)し、菩薩因行、退転なく、一乗経路、増進せしめたまえ。乃至沙界利益周遍。

啓白詞浅く、善願旨深し、ことごとく知証明したまえ」

ここで啓白三宝が終わる。

戒師が晴美に向き直ると、教授師が、

「剃髪着衣に移ります。机に向かって、頭を差し出してください」

と言う通りに晴美はした。戒師の声が頭上から静かに降ってくる。

「善女、あきらかに聴け、それわが台宗派は、能説の仏は久遠実成、所説の経は髻中の明珠、能伝の師は霊山の聴衆、所伝の釈は諸宗の憑拠なり、汝つとに福を殖し、もっぱらこの道を慕う。いま、請いに応じて度し、法脈を紹がしむ、願わくは法の如く修し、仏法を興隆せよ」

「掌を重ねて上に向け、差し出してください」

教授師が作法のしぐさをしてくれるのを真似ると、戒師が塗香を載せた。教授師のする通りにすり合わせる。

「五体投地礼を三度ずつ行います」

三宝、国王、父母、衆生の四恩を拝するため、合計十二回の五体投地礼をした。

「辞親偈です。戒師の通りに繰り返してください」

戒師はゆっくり発音してくれる。

「流転三界中」

「恩愛不能断」

「棄恩入無為」

「真実報恩者」

これで親元を捨て出離する決意を宣言したことになる。

「帰依偈を唱え三礼してください」

戒師の言う通りにゆっくり繰り返す。

「帰依大世尊
能度三有苦
亦願諸衆生
普入無為楽」

いよいよ剃髪が始まる。

戒師が白い散杖の先に洒水器の香水をつけ、晴美の頭の頂に三度注ぐ。

次に白紙を巻き金銀の水引を掛けた日本剃刀を、頭の右、左、中に形ばかり軽く当てる。

「善哉大女人

能了世無上

捨俗趣泥洹

希有難思議」

「立ってついてきてください」

教授師に従い晴美は本堂を出る。参列者やマスコミの視線が集まるのを痛いほど感じたが、真っすぐ前を向き、長い廊下を本堂の裏の大広間にしつらえられた剃髪のための部屋に向かった。

若い女性の理容師が控えていた。部屋には金屏風を差し回し、白布で覆われた机に作法通りに置かれた剃刀、髪を包む包髪紙、香炉。部屋に置かれた盥、棙、手盥、脇息は、式の作法や偈の言葉と同じように平安の昔のままなのだろう。

「お願いします」

と教授師が理容師に声をかけ、用意が整うのを見定めて、部屋から出ていった。ずっとそばについていてくれるのではなかったか。教授師のささやく声に、すがるように頼っていたことを改めて晴美は感じ、心細さを覚えた。本堂から、誉田僧正の唱える毀形唄が力強く響いてきた。毀形とは、形を交わすこと、つまり剃髪し得度し僧になるということ。その時に唱える声明を毀形唄と言う。

「毀形護志節（くいけいしゅしせち）
割愛無所親（かちあいぶそしん）
棄家弘聖道（きけこうせいとう）
願度一切人（げんといせいじん）」

うねるような唄は美しい。髪を落とす間、ずっと唱え続けるという。

「もったいない……鋏と剃刀にしますか。バリカンにしますか」

結い上げた髪から、丁寧にピンを抜き、ゴムを外しながら、理容師が晴美に尋ねた。

「早く終わるほうでお願いします」

最後に有髪の自分の姿を確認して晴美は鏡を退けた。

晴美は自分で髪を切ったことがあった。長く太い髪は、裁ち鋏にあらがって、きしきしとなり、バッサリとは切れない。自分ではない他の命ある生き物のようだった。

「ではバリカンを使わせていただきます」

いきなり鳴り始めた電気バリカンの機械音は、それまでの張りつめた緊張感と荘厳さとはかけ離れたものだった。

「長いから、ひきつれてしまう。痛くないですか」

掛けられた布に、ばさりばさりと重い髪が落ちる。

理容師に髪を刈られる間、晴美は今大僧正にもらった「寂聴」の意味、「出離者は寂なるか、梵音を聴く」を考えていた。髪がジョリジョリとバリカンで刈られる音。刈られた髪の束が、ばさりばさりと落ちてゆく音。傍らのストーブに載せられたアルマイトの大きな薬缶の湯の沸く音。庭の紅葉の散るかすかな乾いた音。本堂の誉田僧正の声明。内堂にいたはずの晴美の姉ヒサコが、斜め後ろに座り、こみ上げる嗚咽を堪えきれずに、声をあげて泣き始めた。姉は昨夜から、ずっと泣き通しだった。

「お泣きにならないお身内はいらっしゃいませんよ」

若い理容師が落ち着いた声で言う。

たった一つの自慢の髪は、ずっと丁寧に手入れをしてきた。それが四十分でなくなった。

「頭の形がいいですね。きれいな尼様です」

と理容師が言ったので晴美は安心した。

「お世話になりました」

「おめでとうございます」

切った髪のひと房が、料紙で巻かれ白い水引で結ばれて桐の箱の収められた。

いつの間にか、法衣商の森忠が控えていた。

帯締めを抜き、帯をほどき、晴着を脱ぐ。

「下着だけにおなりください」

錆朱の長襦袢を落とすのと同時に、純白の長襦袢が肩にかけられた。羽二重の衣、男帯、黒の素絹と、くるくると素早く着付けてゆく。着付け終えた法衣商と入れ替わりに教授師が入ってきた。

「胸の前で、このように手を組んでください」

教えられるままに晴美が印を結ぶと、心の中の濁った重いものがスッと出ていったように思えた。「あなたまかせ」、「仏様にすべてまかせてしまった」とはこういうことか。

「そのままの姿勢で本堂にお戻りください」

毀形唄はまだ響いている。

角を曲がるとマスコミのカメラが待ち構えていたが、一瞬、しんとして、誰もシャッターを切らなかった。

庭の紅葉の赤さが、朝よりも鮮やかに見える。髪と一緒に、俗世の滓が落ちたのだろうか。杉木立も苔も、朝とはまったく違う光を放っていた。

戒師の前の坐に再び坐る。剃りたての晴美の頭に、三度香水が散杖で注がれた。髪があった時には感じなかった冷たさが心をも清浄にしていくようだった。

得度机には純白の五條袈裟が用意されていた。散杖で沙水し、香を薫じて清め、

「善女あきらかに聴け。この袈裟は摧魔（さいま）の甲冑、度生（たくしょう）の福田なり。もし人被覆すれば、善神歓喜し、悪鬼怖畏す。まさに信敬して受くべし」

「受けたら返して、三回繰り返してください」

恭しく渡される袈裟を押し頂いてから戒師に返すことを三度し、授けられた。教授師が手伝ってくれて着けた袈裟は、大きすぎて肩から滑り落ちる。教授師が紐を短く締め直してくれた。

袈裟を着けると、法名と梅の念珠を授けられ、教授師に教えられるままに、自慶偈（じけいげ）を唱え、法縁を得た喜びを言葉にした。

何人誰不喜（がにんすいふき）

福願与時会（ふくがんよじえ）

我今獲法利（がこんぎゃくほうり）」

そして、三度、五体投地礼をする。

三帰授戒を始める前に、戒師が、

「過去の罪障を懺悔せよ。もし罪障あらば浄戒発せず」

と言う。過去の罪は、すべて自分自身の傲りと欲望と、愚かさのために生まれたと自覚した。幼い娘と何ら落ち度のない夫を捨てたこと、靴を履き替えるように捨ててきた男たちのこと、サーカスの覗き窓の灯のようにそのいずれもが遠い。何人の人を傷つけて五十年を生きてきたことか。

戒師の唱える懺悔文を、繰り返す。

「我音所造諸悪業
皆由無始貪瞋癡
従　身語意之所　生
一切我今皆懺悔

仏法僧の三宝に今より未来尽まで帰依し奉る」

と誓約し、十戒を授けられる。

「戒師の問いには即座に大きな声で『よくたもつ』と答えてください」

教授師がささやく。

「不偸盗戒。汝今身従り仏身に至るその中間において、能く持つや否や」

「よくたもつ」

「不淫欲戒。汝今身従り仏身に至るその中間において、能く持つや否や」

「よくたもつ」

「不妄語戒。汝今身従り仏身に至るその中間において、能く持つや否や」

「よくたもつ」

「不両舌戒。汝今身従り仏身に至るその中間において、能く持つや否や」

「よくたもつ」

「不悪口戒。汝今身従り仏身に至るその中間において、能く持つや否や」

「よくたもつ」

「不綺語戒。汝今身従り仏身に至るその中間において、能く持つや否や」

「よくたもつ」

「不貪欲戒。汝今身従り仏身に至るその中間において、能く持つや否や」

「よくたもつ」

「不瞋恚戒。汝今身従り仏身に至るその中間において、能く持つや否や」

「よくたもつ」

「不邪見戒。汝今身従り仏身に至るその中間において、能く持つや否や」

「よくたもつ」

戒の中で、悪口を言わない不悪口戒、おべんちゃらを言わない不綺語戒、怒らない不瞋恚戒はとても守れそうにない。それに自分は小説家だ。嘘を書くのが商売なのに不両舌戒は守れない。

しかし、居並ぶ衆僧が、大きな声を揃えて、

「能く持つ」

と唱えるので、晴美は負けじと大きな声で答えていった。

得度して自分一人が救われればよいのではない。たくさんの人たちが幸せになれますように、
と祈る。それが四句請願だ。

「衆生無辺誓願度
煩悩無尽誓願断
法門無量誓願学
仏道無上誓願成」
また、口移しで唱え、最後に水引の掛かった経典を戒師から恭しく授けられた。
衆僧が、
「願以此功徳
普及於一切
我等與衆生

「皆共成佛道」
と、回向法楽をあげて得度式は終わった。

得度式の後、別室での記者会見では、出家の理由を皆が口々に訊いた。寂聴は実のところ、自分でも「これ」というはっきりした理由は思いつかない。複雑な男関係、若さの衰え、小説を書くための芯、あんなに小さかった娘の幸子の結婚、「見るべきものは見つ」という心持ちも少しはあった。が、どれも第一の理由ではないと寂聴は思った。

恭子の回想

テレビのニュース番組で、はあちゃんの得度が報じられていた。髪を剃り落とし、丸い頭で黒染めの衣をまとった姿で、インタビューに答えている声が、いつもに増して甲高く聞こえるのは、きっと極度の緊張のせいだ。

恭子は家にあった湿布薬を腰に貼り、太いベルトを締めたが、体の向きを変えることもままならない。こういう時は着物で帯を結ぶと楽だと言った人がいたことを思い出した。整形外科でコルセットを処方してもらえばいいが、一人で病院に行けそうにもない。

二十世紀に、流行作家が出家して頭を丸めるなんてことが、現実にあるなどと恭子には想像もできない。それもあんなにオシャレや美容に気を使う人が、法衣しか着られない生活を選ぶとは。

どこかのお寺に入るのだろうか。実家の菩提寺は、ご住職がビルマ戦線で戦死したので、近くの同じ宗派のお坊さんが法事などをしていた。そんなふうに、ご住職のいないお寺の住職になるのだろうか。雑誌で見るような大きなお寺のたくさんいるお坊さんの一人になるのだろうか。

書くことはやめないと記者会見で答えていたけれど、大きなお寺に入ったら、そんな自由な時間はないのではないだろうか。

寂聴の回想

東稲荘に設けられた得度の祝宴から、まだスクープを諦めない記者やカメラマンたちに見つからないように、寂聴はそっと抜け出し、法衣にコートを羽織り、剃り上げた頭をスカーフで覆い帽子を被って郡山のタカちゃんの家までタクシーで移動した。

「東京や京都には、きっとマスコミが押しかけてくるから、しばらくよそに泊まるわ」

「そんなら、お寺と東京の間にある、うちに泊まって。ホテルも目立つでしょう」

得度に列席してほしいと頼んだ電話で、二人は、そう決めていた。

「電車では隠れられんから、タクシーでね。うちの名前で予約するわ」

「ありがとう」

誰にもわからないはずだったが、翌々日には、取材の新聞記者がやってきた。

「どうして、ここがわかったんですか」

「我々が頼んだんじゃないタクシーが一台駐車場にいたのに、いつの間にかいなくなってた。小さな町ですからタクシー会社はすぐわかりました。長距離のお客さんで、ドライバーさんは喜んでいましたよ」

記者には他のマスコミには教えないでくれと頼み、彼は承知してくれたが、思わぬことから、住所が知れてしまった。

「週刊誌の連載の原稿を送らなくちゃいけないのよ。でも封筒がないの」

「普通の封筒やあかんね。大きいの買うてくるね」

タカちゃんが買ってきた封筒に原稿を入れ、宛名を書いて渡した。

「ポストに入れればいいんでしょ」

「お願いね」

タカちゃんの家の住所は書かなかった。

「入れてきたよ。急ぐと思うたから、速達にした」

「ありがとう」

翌日の夜、週刊誌の編集部からタカちゃんの家に電話がかかってきた。

「こんな時に、原稿を入れてくださってありがとうございます。実はあきらめてたんです」

「どうしてここがわかったんですか?」

あの新聞記者からかと寂聴は思った。

「封筒に書いてあったご住所で、電話番号を調べたんです」

「え?」

「来週の分もよろしくお願いいたします」

という編集者の電話を切って、タカちゃんに受話器を渡した。

「封筒の裏に住所が書いてなかったから、うちが書いといた」

「そう……わざと書かなかったのよ」

「ううん、あれ、いらんことしたな」

「ただ、みんな来るよ、明日あたりには」

予想通りに、大勢の取材が押しかけてきた。

「大騒ぎになってごめんね。ご近所にも迷惑だし、東京に戻るわ」

「でも、またタクシーで?」

「口が堅い運転手さんの車が出せるテレビ局に手配してもらう」

「社宅やし、不便やったねえ」

「そんなことない。ありがたかった」

「これからは、お坊さんの格好をせなあかんのでしょ。たくさんある着物はどうするの。京都で家探してるって言うとったけど、東京は？」

「東京の仕事場は、たたむの。全部、片付けなきゃ」

「あの北欧の家具は、京都のお寺に持っていくん」

「お寺に住むんじゃないわよ。普通の家よ」

「お坊さんになっても、お寺でなくていいの。ふーん」

「そうだ、お世話になったお礼に、東京にあるもの、何でもタカちゃんにあげる」

「ほな、一緒にいくわ。洋服はあかんけど、着物は着られるね」

タカちゃんは、中尊寺で目をはらして泣いていたのと同じ人とは思えない笑顔で笑いながら言った。

東京へ戻っても、自分の部屋の前には、きっと記者が待ち構えているだろう。恭子の家に、しばらく隠れていようと寂聴は思った。

終わらせ方　一九七三年夏

恭子の回想

一九七三年の夏の初め、デパートの紙袋を提げた井藤さんが来た。

「お玄関先でいいのよ」

「でも、ちょっとおあがりになって」

「いいの、いいの」

九階の住人の井藤さんは、管理組合の集会などで知り合った、少し年上の気さくで楽しい人だ。

「仕事を辞めた里の兄から、市民農園でたくさん穫れたからって、また送ってくれたお野菜、新鮮なうちにと思って」

「いつもありがとうございます」

井藤さんのお宅も恭子の家と同じで、家族は三人だからたくさん野菜があると、傷んでしまうのだという。

「定年退職と言っても、まだ五十五でしょ。孫には農薬のかかっていないものを食べさせたいって市民農園を借りて野菜作りを始めたんだけれど、周りの方がやめちゃった分も引き受けて、なんだかすごいことになってるのよ。兄のところだって小さな孫を入れても五人、うちは三人でしょ。少し助けてね」

と、里芋とジャガ芋を持ってきてくれた。

「葉物は、虫食いだらけで、差し上げるのは遠慮しなくちゃって感じ」

「いただくばかりで申し訳なくって」

「気にしないでね。駄目にするのがもったいないだけだから。そうそう、話は違うけど」

と、彼女が語りだしたのが、昨日の午後の事件だ。

「長いことのように思うけど、一瞬ですよね。書斎の窓を拭いてたら、男の人と目が合っちゃたんです。窓の外側だから、落ちていっているんだけれど、じいっと見てたから、あれ、飛び降りよ。助けてって感じが全然なかったんですよ」

いつもの穏やかな井藤夫人とは思えない早口で、紅潮させた頬をひくひくさせながら一人で話している。

「今朝、住民管理委員会がね、近くの、ほら、坂を下りたところにある、金毘羅さんの神主さんを呼んで、屋上でお祓いをしたのよ」

「屋上で。行かれたんですか」

恭子は知らなかった。

「行きましたよ。だって、目が合っちゃったんだから」

「風がすごかったでしょ」

お祓いを提案したのは井藤さんかもしれないと思った。

「物干しはどなたも使っていなくて、何も干してなかったの。神主さんの袖がビューンと翻って、飛ばされそうだったわよ」

屋上には、鍵で開ければ出られて、広い洗濯物干し場もある。しかし、鳥籠のように金網が張ってあり、屋上からは飛び降りられない。

初めの頃は洗濯物を干す人もいたが、管理人室まで下りて鍵を借り、重い洗濯籠を抱えてエレベーターに乗って鍵を開け、干して鍵を返し、また数時間後に鍵を借りて取り込むという面倒くささから、屋上の洗濯物干し場は誰も使わなくなっていた。

風が強いからすぐに乾くのだが、白いものにはグレーの油煙の塊のような斑点が付くし、排気ガスの臭いがして洗い直しになることが多かったのも、敬遠された理由だと思う。

部屋のベランダには、外から見える位置に洗濯物を干してはいけないという管理規則がある。屋上に干せないので、狭い植え込みを作って洗濯物を干している部屋がいくつもあった。恭子もそうしていた。わずかな植木が汚れを吸着するのか、ベランダに干したものは、油煙のような付着物が少なかった。

落ちたのは十二階より上の階の住人だ。部屋の番号は、管理人さんからは教えてもらえなかった。リビングの掃き出し窓の外はベランダだが、個室の腰窓には手すりも格子もない。窓を開けて下を見れば、駐車場のコンクリートだ。

その人が落ちた窓の数階下、同じ位置の、はあちゃんの書斎の窓からも落ちてゆく人が見えたはずだ。

それからは、窓を拭くのも窓を見るのも怖くなった。見知らぬ誰かではなく、落ちてゆくはあちゃんと目が合うのはごめんだと恭子は思う。はあちゃんがあの大きな机の前から立ち上がり、窓を開け、そのまま跨いで、すっと落ちていく姿が、恭子の脳裏にはっきりと浮かんだ。この頃、はあちゃんは、何かに追い詰められていると恭子は思っていた。

きりっと結い上げた琉球髷に和服姿で座っていても、ザンバラ髪を振り乱して全力疾走をしているような、ギリギリとした切迫感を、はあちゃんから感じる日が多かった。京都と東京を行ったり来たりして書いている原稿は、断ればいいのにと思うくらいたくさん抱えていた。

東京を仕事場と呼んでいたが、京都では一切書かないということはないはずだ。テレビや雑誌のインタヴューにも毎週のように応じていた。講演や、取材の旅行も毎月あった上に、熱烈な恋愛も真っ最中だ。

全身からぼうぼうと音を立てて、赤や青の炎が上がっているようだ。生身では、生きていきにくいだろう。終わりにしようと思ってしまう瞬間はないのだろうか。

瀬戸内寂聴の独白

その日は、御池にいた。東京の仕事場の机は窓に面している。書きあぐねた時、窓の外を見ると、その考えが形になることもあった。もし、その時に、ふっと顔を上げたら、落ちてゆく人と目が合っただろうか。あの窓に手すりも格子もないとは、いままで全然気が付かなかった。新宿の工事中の高層ビルから落ちた作業員は、一滴も出血していなかったと聞いた。あの高さから落ちたら、どんなふうになるだろう。

三島事件も、御池の家でテレビを見て知った。楯の会を始めてからは、三島さんとは、会っていなかった。

三年前の一九七〇年十一月二十五日、三島由紀夫が市ヶ谷の陸上自衛隊駐屯地でクーデターを呼びかけたが失敗し割腹自決した。

その時、恭子は、靖国通り沿いの伸江さんの家に向かっていた。伸江さんは、夫の会社の社長の母親で、会社の入ったビルの中の居住棟の別々の部屋に伸江さん、社長一家と、常務一家、それに専務一家が住んでいて、伸江さんの招集がかかると、みんなで集まる。伸江さんがどこかで習ってきたアンダリア手芸やペーパークラフトなどの講習会が開かれるのだった。そのビルより三十メートルほど先の向かいには、新聞社の社旗を立てた車、テレビの中継車もあり、「また、学生のデモか」と恭子は思った。

「大変なことになってるのよ。あなたを待ってたの。みんなで見に行きましょう」

玄関のドアを開けるなり、伸江さんが興奮した口調で早口に言う。

「靴、脱がなくていいわよ。すぐ出かけるから」

「どこにですか？」

伸江さんの背中越しに恭子が部屋を覗くと、集まっていた四人の女たちがテレビにくぎ付けになっていた。

「テレビじゃよくわからないから、実物を見に行こうって言ってたところよ。行きましょう」

いま、恭子が降りたばかりのエレベーターに乗り込んで、靖国通りに出た。女ばかり六人で交

差点を渡ろうとしたが、機動隊員に、

「お通りいただけません」

と押し返された。

「何が起きてるんですか？」

まるで何事かわからないので恭子が訊くと、伸江さんが言う。

「三島由紀夫が演説してるのよ。クーデターしようって。ここじゃ、全然聞こえないし、見えない。仕方がないから、戻って、部屋でテレビ観ましょう。学生のゲバやらクーデターなんて、この頃本当に物騒ねえ」

結局、クーデターは不成功に終わり、三島は割腹自殺。介錯をした森田必勝も割腹自殺した。楯の会のメンバー三人は、翌年四月に、監禁致傷、暴力行為等処罰に関する法律違反、傷害、職務強要、嘱託殺人という判決を受けた。自分に心酔する部下を巻き込むなんて、自分勝手だと恭子は思った。三島の小説が好きで、行列に並んで新刊書にサインをもらったこともあり、失望は大きかった。

はあちゃんは、少女小説を書き始めた時、三島にファンレターを出してしばらく文通していたという。三島が付けた「三谷晴美」というペンネームが、「瀬戸内晴美」になる前の本名だったことを、三島は知らなかった。

事件の翌年、はあちゃんの部屋でカレーパーティーがあった時に、この話になった。

「僕ね、事件の時は、陸自の現役だったから、バルコニーから演説する三島を下で見ていたんです。あの三島由紀夫が懸命に演説していたのに、集まっている隊員は、誰一人呼応せずに、見上げて嘲笑したんです。『何やってんだあ』と。気の毒なくらいでしたよ。むなしかったな。極左は極右に通じるテロだって言うでしょ。学生運動の極端な暴力も国体護持なんて言ってる右翼の暴力も、人の命をないがしろにする点では同じですよ」

陸士卒の旧大日本帝国軍人で、三島事件の直後に、自衛隊を除隊した後、軍事評論家になった紳士がさらりと言うのが、寒い風のように響いた。


一九七二年四月十六日には、川端康成が仕事部屋にしていた逗子のマンションでガス自殺した。

一九六八年にノーベル文学賞を受賞した時には、お祝いに円地文子と駆け付けたはあちゃんが、自殺のテレビ報道を見ながら、感情を殺した静かな口調で独り言のようにつぶやいた。

「本来は三島さんがノーベル文学賞を受賞するべきだったたっておっしゃってたとか言ってるけど、そんなことでガス自殺するかしらねえ」

独白

目白台アパートで『源氏物語』現代語訳をしていた円地さんが、「川端さんが源氏を訳そうとしているようだけれど、できっこありません」と、すごい剣幕で言った。でも私は見た。川端さんが京都ホテルにいらした時に「瀬戸内君。ちょっと出てこないか」と、呼ばれていった部屋のデスクに「源氏物語　川端康成」とだけ書かれた一枚目の原稿用紙を。円地さんには、とても言えなかった。『川端源氏』が出版されるという話はその後もまったく聞かない。

うちに出入りしていた学生運動の「マドンナ」たちは、「闘争」「革命」というファッションをまとったインテリ・アイドルでしかなかったのかもしれない。浅間山荘での警察との銃撃戦は絵空事ではなく警官が殉職した殺戮事件だったし、その後、山岳ベースでの陰惨な殺し合いが報道されると、「革命」ファッションは消えて、既得権益団体然としたセクトという亡霊のような集団があちこちに散らばった感じがした。

あの「闘士」たちには、思想の裏付けが希薄で、流行を追っていただけだった。六〇年安保闘争の時の委員長たちが、大学教授や経営者としていまでは、活躍している。この間までうちに来ていた活動家たちも十年後には、大学や商社に籍を置く

「一流の社会人」になっているだろう。

ある夜、ものすごい悲鳴が聞こえた。空気を切り裂くような絶叫がどこからなのかと恭子が寝室の窓を開けると、他の窓からも覗いている頭がたくさん見えた。悲鳴はA棟の真ん中あたりから聞こえるようだった。窓を開けて繰り返し絶叫するのは尋常ではない。きっと大事件だ。

誰かが110番したらしく、五分もせずにパトカーが来た。が、その時には悲鳴は聞こえなくなっていた。小一時間ざわざわしていたが、パトカーは引き上げたようだった。

数週間後の夜、また、あちこちで窓を開ける音がして、人声がざわざわした。今度も寝室の窓から皆が覗いているほうを見ると、A棟の真ん中あたりのカーテンが開いていて、煌々と明るい電灯に照らされて、天井からだらりと人がぶら下がっている。この間の悲鳴が聞こえていたあたりだ。

天井はコンクリートで、電灯以外には梁などなく、ロープをかけてぶら下がるのは不可能だが、何度見ても、人がだらーんとうなだれてぶら下がっている。何人かが、その窓が見える駐車場に出て大騒ぎになっていた。すぐにパトカーが何台か来た。警察官が見上げた時、ふっと電灯が消えた。部屋の特定ができないらしく、恭子の家にも、

「どの部屋だかわかりますか」

と警察官が尋ねに来た。今回は、長い時間たくさんの警察官が行ったり来たりしていたが、結局、部屋の特定もできず、わからずじまいだった。

独白

あれは同じ部屋だ。天井にフックをねじ込めばロープを掛けられる。悲鳴を上げていた女が吊るされたのだ。いや、悲鳴を上げていた女が自分でぶら下がったのだ。大騒ぎになって、家族が気が付き明かりを消して、知らぬふりをしているに違いない。何もかもが嫌になって、少しは楽になるだろうかと、思い切り大きな悲鳴を上げ、それでも、楽にならず、自分で首をくくって、お終いにしようとしたのだろうか。

A棟の一階には焼却炉があり、ごうごうと音を立てて、いつも燃えていた。投入口は六十センチ四方くらいで床から百三十センチくらいの高さにあって、ゴミを放り込む時に後ろから押されたら、簡単に火の中に入ってしまう。こんな危険な装置が、二十四時間無人で共同住宅の中にある。

「すみません。また一緒に行ってもらえますか？　先生が没の原稿用紙を燃やしてきてって。一人じゃ怖くて」

と、ときどき重そうに紙袋を抱えた百合ちゃんが恭子を呼びに来る。

百合ちゃんの焼却炉のお供だけではなく、出版社や新聞社への原稿届けから受け渡し、お気に入りの原稿用紙やインク、来客のためのお菓子や果物などの買い物や、部屋の片付け、出前もできない時間の夜食まで、恭子はよく頼まれた。

出家の理由　小説を書き続けるための芯

新聞や電車の中吊りの雑誌の広告で、恭子がはあちゃんの名前を見ない日はなかった。一日が二十四時間であることは誰しも同じなのに、どうやってあんなにたくさんの違う小説やエッセイの原稿が書けるのかわからないほど、書いていた。贅沢な家具に囲まれ、着道楽をし、毎週のようにたくさんの人たちを集めて、珍味とお酒の宴を開いていたが、心から楽しそうではなかった。盛り上がっている最中に、ふっと書斎に引っ込んでしまう。それが解散の合図だった。徳島で言うおへちゃの丸い顔なのに、きつい顔に見える日が多くなっていった。

聖イグナチオ教会の神父さんがよく来て、はあちゃんは真面目に聖書研究をしていた。神父は遠藤周作さんからの紹介で、目白台にいた時から勉強を続けているのだという。東京女子大はミッションだから、作品のための勉強のし直しかと思っていた。

はあちゃんはキリスト教に幼い頃から縁があった。

瀬戸内イトという親戚の跡継ぎがいないので、はあちゃんが小学校三年生の時に、お父さんが養子になり瀬戸内姓になった。イトさんは「神戸のおばあちゃん」と呼ばれていた。

恭子の母のヨシコは女学校入学試験の日にマムシに噛まれ受験できず、神戸のイトさんに預けられて刺繍やピアノ、英語などを学んだ。イトさんは教会の役員だった。

恭子が母に連れられて、神戸のイトさんの家に遊びに行った時に、花や果物の物売りさんが通ると、住んでいた二階の部屋から、長い紐を結んだ籠を下ろして買い物をするのが面白かった。

晩年は病気勝ちになり瀬戸内仏具店の二階で寝付き、毎日のお見舞客たちが歌う讃美歌は店の前の通りにも聞こえて、はあちゃんは「仏壇屋なのに」と思ったと恭子に言っていた。

大工町に移る前の塀裏町では、すぐ近くにインマヌエル教会があり、きれいな絵本や帰りしなに配られるきらきらした金色や銀色の折り紙目当ての子どもたちが日曜学校に通っていた。東京女子大学のチャペルでは太平洋戦争開戦まではミサもあった。

キリスト教に馴染んでいたはずのはあちゃんだが、神父さん直々の聖書研究でも、どうしても納得できないようだった。

「なんだか違うような気がする」

独白

『余白の春』のため、金子文子が子どもの頃に暮らした山梨をあちらこちら取材した。資料や写真を整理して届けたいので、二、三日は東京にいてほしいと、同行した編集者が言う。

山梨には五日滞在する予定だったので、その間、本郷の仕事場にいつもいる秘書の辻本さんには休暇を出したし、お手伝いの百合ちゃんは京都にいる。思いのほか、取材がはかどり、二日で終わった。辻本さんが出てくるまで、恭子ちゃんに手伝ってもらおう。

「いま、甲府の駅なんだけど、柏水堂のシュークリームが食べたいから、買っといてくれん」

と、はあちゃんから恭子に電話があった。

「お客様は何人？」

「一人」

甲府駅から、中央本線で新宿駅までがだいたい四十分、総武・中央線に乗り換えるか、タクシー。二人が着くまで一時間はある。神保町の柏水堂まで充分往復できる。

「買っとくから、部屋に着いたら電話ちょうだい」

「よろしく」

恭子は坂を下り、金毘羅さんの前を通り、水道橋駅のガードをくぐり、神保町へ。柏水堂のシュークリームは、カスタードが甘すぎず、シューはいつもパリパリで、恭子の好みだ。はあちゃんのために四個、我が家用に六個買った。

「着いたわよ」

電話があったのは、我が家用の箱を冷蔵庫に入れた時だった。

シュークリームを届けると
「取材に同行してくれてた編集者と食べようと思ったんだけど、会社に帰っちゃったから、一緒に食べよう」

と、紅茶を淹れてくれながら、はあちゃんが恭子につぶやいたのは、取材とは全然別のことだった。

「こっちが相談して教えていただいているのに、神父さんが人生相談なさるようになったのよ」

クリームがくっついた指をなめてから、ため息をついた。

「キリスト教だけじゃなくて、鎌倉や京都のいろんな宗派の偉いお坊さんにもお目にかかったけど、みんな本気で聞いてくれない。更年期障害か、ちょっとした思い付きだと思われるみたい」

高僧たちは、贅沢な和服を粋に着こなし、きりりとアイラインを引いた濃い化粧のベストセラー作家が相談に訪れても、外見の派手さに気圧されて真剣さは伝わらず、小説の取材か出来心だと考えてしまうのかもしれない。

「小説家って、どうして書き続けられると思う？」

突然、真顔で聞かれた。

「一に才能、二に才能、三、四がなくて五に才能だけれど、ずっと書くためには才能だけじゃ駄目で、しっかりしたバックボーンがなければ。バックボーンが欲しいのよ。ずっと書いていくための」

大阪万博で太陽の塔をデザインした岡本太郎の母が、岡本かの子だと知り、『かの子撩乱』を読んだばかりだったので、そこに書かれていた衝撃的な部分を恭子は思い出した。

「岡本かの子が言うように、素っ裸になって、日本橋の上で大の字に寝転がるくらいの覚悟だけじゃ駄目なの？　ずいぶん覚悟して書いているように思うけど」

「かの子だって、一平さんがそばにいてくれたらできるって言ってるのよ。そんな覚悟っていうより、自分自身にバックボーンがないのよ」

そばについていてくれる男がいないのではなく、自分がしっかりしていないと言うのか。

「バックボーンって、背骨、芯みたいなもの？」

「そう。『ひとりでも生きられる』って書いたでしょ。あれ、一人では生きられないと書いたんだけど、たいていの人はそうは読んでくれないね。孤独って、独りぼっちの時じゃなくて、大都会の雑踏の真ん中で急に感じると思わない」

それは、恭子も、いつも感じていた。

「新宿駅とか、とても孤独よね。地下の西口広場でフォーク歌ってる人の周りにたくさん人だかりがあるけど、孤独の集団みたいで、うすら寒いくらい」

珍しく、はあちゃんと話が合った。

「そうでしょ。物書きは孤独でちっとも構わないんだけど、頼るものっていうか、バックボーンがないと、続けられないって気がしてきた。でも、小説家になるから家を出させてくださいって言って出ちゃったから、どうしても小説を書き続けなきゃならない」

乾いた声で、はあちゃんはつぶやく。夕日が落ちてゆく窓を眺めているのに深く昏い光を帯びた眼には、孤独よりもガサガサした焦りがあった。

「まだ富士山がきれいには見えないわね。冬にならないと」

独白

このB棟は「リビングの窓から富士山が見えます」が宣伝文句なのに、大気汚染で見えない日のほうが多い。それでも風の強い冬の日にはくっきりと正面に見えるけれど、今日はぼんやり揺らいでいるようにしか見えない。

書きたい小説はそこにずっとあるのに、あたしとの間に滓のような何かがあって、書きたい小説が、ぼんやりとしかとらえられないのと似ている。冬の日の強い風のような、強い何かがあたしには必要なのだと思う。

取って付けたように、見えない富士山の話になった。

「スモッグがなければね。お正月はよく見えるけど。お正月は、京都だから知らないでしょ。カレンダーみたいにはっきり見えるわよ」

独白

どこの家庭でもお正月は家族が揃って祝う。通ってくる男も、お正月は家庭で迎える。独りで、お正月を祝う孤独には、毎年、耐えられない。

「なんで、お正月はスモッグがないのよ」

「御用納めからお正月休みは工場が休みだし、車も少ないから」

本当に、人間以外には興味がないのだな。ニュースも見ないのだろうか。

「ふーん。京都は、あっちこっちから除夜の鐘が聞こえて、ああ、一年が終わるなって思うの。いいわよ」

「初詣には行くの？」

と恭子が尋ねると、はあちゃんは、思いがけない言葉を聞いたように驚いた顔で、

「え？」

と言った。

「神様も多いでしょ。御池の近くはどこなの？」

「行かないわよ」

はあちゃんは、妙にきっぱりと言う。

「そう」

除夜の鐘を聞いて、初詣に出かけるのかと恭子は思っていた。

「お宅は初詣するの？」

「しない。神も仏もあるものかって無神論者よ。私たちの世代は」

「どういうわけで、あんたたちの世代なの」

「だって、神様や仏様を信じていれば救われるんだったら、戦争はないはずだし、戦災や、機銃掃射でお母さんの背中の赤ちゃんが死ぬ、なんてことはありっこないじゃない」

学校の帰りに空襲警報が鳴って、グラマンに追いかけられた時、恭子の目の前で、本当に赤ちゃんが死んだ。

「そう言えば、神父様が、ヨーロッパで、歴史のある教会がスーパーマーケットになったって、おっしゃってた。献金がなくて」

「思春期のはじめに終戦だった人たちに無神論者が多いって」

恭子は小学六年で終戦を迎えた。八月十五日は夏休みの最中だった。疎開先のおばあさんと、小麦を粉に挽いてもらいに、水車小屋に行っていた時に、終戦を知った。「戦争が終わった」と、大人たちが言うので、神風が吹いて鬼畜米英に勝ったのだと思ったが、「負けた」のだと言う。

アメリカ兵が来るととんでもないことになるのだと、中国に駐留していた退役将校が言い、疎開先の若いお嫁さんと恭子は、くりくり坊主に髪を剃られて、顔にかまどの墨を塗られ、天井裏に押し上げられた。

半年経って、疎開から戻り、元の学校で恭子は仰天した。軍国主義で、何か間違えると「天皇陛下に恥ずかしくないのか」とすぐにびんたが飛んだ恐ろしい先生が、アメリカの民主主義を唱える優しい先生に変わっていた。教科書には先生の指示で真っ黒に墨を塗らなくてはならなかった。いままで信じてきたことがまったく逆になった。大人は信用できないと思った。

独白

小高い丘の上の十一階の西向きの大きな窓からは、澄んだ空気の日には、夕日と富士山がよく見える。後楽園遊園地の観覧車やジェットコースターが邪魔なので、ベランダにはカイヅカイブキを植えていた。この年の四月に完成した後楽園の西側の黄色いビルは、富士山の眺望を遮ることはなかった。

書斎の窓からは、本郷通り沿いの銀行と湯島あたりの医療器具店のビル越しに遠く筑波山が見える。朝日に照らされる筑波山は、夕日に映える富士山より険しく厳しい山に見えた。私の大きな机は窓に向いている。腰からの高さの窓に手すりはなく、身を乗り出せば、真下の駐車場に並ぶ百五十台あまりの車が小さく見える。吸い込まれるような気がして、窓を開けないようにしていた。


「今日は百合ちゃんがいないのね」

「甲府から、こっちに来ちゃったから」

「じゃ、京都?」

「そうなの」

「辻本さんは?」

「取材がもっと長くかかると思って、休みにしたから、あと二日は来ない」

「不便ね」

それで、シュークリームを買って来いという電話になったのかと恭子は思った。

「お願いがあるの。簡単に掃除してほしい」

「簡単って言っても」

「書斎は、机の上は触らなくていいから、ごみ箱のごみは捨てて」

「わかった。でも、きれいよ、どこも」

「私だけならいいんだけど、人が来るのよ」

はあちゃんの部屋は、いつもホテルのように整然としている。生活の匂いがない。ちょっと置いたカバン、郵便物や読みかけの新聞といったものは見たことがない。独り暮らしだから当然と思う。

「掃除機、結構やかましいけど、書くのに邪魔じゃない？」

「二時間くらい出かけるから、その間にお願い」

「行ってらっしゃい」

大きな机の傍らのチリ箱に、「ごめんなさい、ごめんなさい」とだけ書いた原稿用紙が何枚もくしゃくしゃになって入っているのが、中身をゴミ袋に入れる時に見えた。青磁のペン立ての横にある鳩居堂の封筒のパッケージから、一枚少し出ていた。宛名は書かれていなかった。誰に何を謝ろうとしていたのか。封筒は使われていない。結局、「ごめんなさい」は相手に伝えなかったのではないだろうか。

頭抜けて自己肯定的なはあちゃんが、手紙で謝らなければならない相手は誰だろう。通ってくる男や、おめかしをして出かける先で逢う男たち、あるいはその妻や家族に対してではないだろう。

オーガンジーの長いリボンの帽子を被り、大柄のワンピースで出かける時には、必ず「横浜に行ってくるね」と恭子に言っていた。横浜は、女流文学者の面々がソ連旅行に船出した時、その頃付き合っていた年上の男と年下の男の二人に見送られた港だ。特にホテルニューグランドには、強い思いがあるようだった。横浜で逢瀬を重ねていた男はフランス文学に明るい人だろう。

「日本の短編小説はフランス文学の影響が大きいのよ」

と言う時の甘ったるい口調には恋の匂いがしていた。

仕事関係の取材先や編集者やテレビ局の人たちでもないだろう。

管野須賀子、金子文子、伊藤野枝を書く時のギリギリした熱は、大声のイノウエさんが受け止めているように見えた。大逆事件や甘粕事件を書く社会的な面は、婦人雑誌に掲載されるエッセイの華麗な生活の世界とは別ものだった。

部屋には、社会の規範からずれてしまった若い女性たち、〝ゲバルトローザ〟やマスコミに追い詰められた不良少女がいることもよくあった。そういう人たちでもなさそうだ。

夫も子どももある時に、「恋に落ちた」と家を出て、それからは家庭のある男たちとも恋をしていることを公言してはばからないはあちゃんに、恋の相談をする編集者や若い作家たちがいる。その日も、そんな一人が来ていた。

「彼には、奥さんと別れてくれなんて言ったことはないんです。生活費だって一円ももらっていないし、私、もしかしたら、彼より収入が多いと思うから、彼の家庭に迷惑をかけているわけじゃない。でも私を非難する人たちがいるのがおかしいと思うんです」

「恋は雷みたいに落ちてくるからよけられない。仕方がないのね」

恋愛は理屈ではなく、雷に当たるように、避けられないし、予期せぬことなのだというのが、はあちゃんの持論だ。

「そうなんです。恋をしようと思って、恋愛をしているんじゃない」

この人は、最近、売れ始めた若い小説家だ。妻子ある男と恋をして、出産したと、恭子は週刊誌の中吊り広告で知った。

「ただね、『私は経済的に自立していて、相手の家庭を壊すつもりはない』って言うのは、傲慢よ。それは間違った考え方。あなたの存在そのものが、相手の家庭には、迷惑だと自覚したほうがいい。金銭的には何ももらっていないから、二号さんや愛人じゃない。男の家庭に迷惑をかけていないということはないのよ」

はあちゃんは、妻子ある男と恋愛し、それを隠さないので、同じ立場の女たちから人気があるという。

「先生からそんな言葉を聞くとは思っていませんでした。私のような恋をしている人たちは、みんな、先生なら全面的に味方になってくれると信じているんですよ。心外です。裏切られたようで」

この日も、百合ちゃんが恭子のところへ下りてきて、困った顔で、

「急なお客様で、コーヒーが駄目で紅茶をとおっしゃるんですが、ティーバッグしかないって言ったら、先生が借りていらっしゃいっておっしゃるので」

「すぐに持っていくから、先に上がっていて」

「いつもすみません」

「いいのよ」

と恭子が紅茶の缶を持っていくと、キッチンにそんな会話が聞こえてきた。キッチンとリビン

グの間にはドアがないから話は全部聞こえる。

ティーセットを出そうとしていた百合ちゃんが、女の言葉の勢いに気圧されて、恭子の顔を窺いお盆を差し出した。

テーブルに並べ終わると、きれいな栗色に染められウエーブのかかったセミロングの髪を、ペンより重いものは持ったことがないような細い指でかき上げて、その人は叱られた幼児のように口をとがらせ立ち上がった。

「すみません。ちょっとお化粧室をお借りします」

「こちらです」

と廊下を示すと、すれ違いざまに、

「がっかりだわ。常識人だったなんて」

と、暗い目でつぶやいた。そのまま帰ってしまうのかと思ったら、リビングに戻り、スカートをパンと引っ張り、こわばった顔で座り直した。

「やっぱり、納得できません」

「あたしも昔はそう思っていたんだけど、違うなって思うことがあったの」

「あちらのお子さんたちの誕生日やクリスマスには、私のところには泊まらせないし、何が迷惑なんですか」

若さゆえだろうか、自分の考え方に、独りよがりの傲慢さがあることに気付いていない。

「あなたの存在そのものが、十分にあちらには迷惑なのよ」

「恋をしているのは私だけじゃありません。彼、つまり、あちらの夫も恋をしているじゃないですか。私ばかり迷惑なんて」

その通りだ。世間では、妻が夫の愛人に向かい「この泥棒猫」などと面罵するが、非は夫に責任がある。

「それは、女房がいるのに、他の女と恋愛している男が一番悪いかもしれないけれど、そこは、雷だから仕方がない。でもね、経済的に負担をかけていないから、正々堂々と、私はあなたのご亭主と恋をしています、っていうのは違う」

「じゃ、誰にもわからないように隠れてこそこそしていればいいって言うんですか？　なんだか薄汚い」

言い募る若い作家を、はあちゃんは宥めるようにゆっくり言う。

「こそこそする必要はないけれど、迷惑な存在だということを自覚しなきゃ」

「それを知っていて、先生は家庭がある人と恋愛するんですか？」

知っているぞという、強い口調だ。

「仕方がないわよ、雷だから。当たっちゃったんだもの」

「納得できない」

「ちょっと考えてごらんなさい。逆だったらって」

「先生にだけは言われたくないですね、それ。考えたんですか、ご自分は」

鼻筋の通ったきれいな鼻を丸く膨らませて、カンカンに怒っている。

「言われたのよ。恋をするのは男と女の二人だけれど、男も女も一人で生きているわけじゃない。独身でも、親もいれば、もしかしたらおじいちゃんやおばあちゃん、叔父、伯母、兄弟姉妹もいる。まして、家庭があるということは妻や夫や子どももいる。人は、そういう中で生きている。人の道に外れたことをすると、そのみんなが迷惑をこうむるって」

そんなことを言われて、はあちゃんが、この人のように憤らず、その通りだと思ったのかと恭子は驚いた。

「なんですかそれ。古い村社会の考え方だわ。先生、どなたかに言われて合点がいったんですか」

「あのね、本当にプラトニックだったんだけれど、若い男と恋に落ちたと人前で言ったことがあるの。そしたら、あとで彼の妹さんがすごく困ったんだって言われた。妹さん、決まっていた縁談が壊れたって」

「そんな。先生の恋とは関係ないじゃないですか。言いがかりだわ。こんなことで断る相手とは、破談になってよかったんですよ」

「あたしたちはそう思うけれど、妹さんはどうかしら」

その妹さんは、恭子の学校の二学年上の上級生だった。家もそう離れていなかったので、噂はすぐに聞こえてきた。何も落ち度がないのに、お兄さんの人妻との恋のために、結婚話がいくつも駄目になったと。

「じゃ、先生は、私の恋愛は否定なさるんですね」

「あなたの恋愛は否定しませんよ。雷に打たれちゃったんだから」

「認めてくださったから、出産祝いを頂いたのだと思ってました。あれは何だったんですか」

「あなたへの出産祝いじゃなくて、子どものお誕生祝いよ」

数ヵ月前に、銀の赤ちゃん用のお匙を、デパートで買うのに付き合ったことを思い出した。

「私は経済的に自立していて、子どもの父親には頼らずに産んで育てます。その何が、奥さんや子どもたちに迷惑なんですか。ぜんぜんわかりません」

「家に帰って、考えてごらん。自分の存在が他の誰かの迷惑になっていることを自覚する覚悟をしなくちゃいけないことを」

「今日は、失礼します」

紅茶には口をつけずに、その人は帰っていった。

いまの若い人にしては、骨のある小説を書くと思って応援していたけれど、嫌われたかしら。

彼女には言えなかったけれど、相手の奥さんから、なぜか手紙をもらった。手紙には、苦しい心情が書かれていて、乱れのないしっかりした美しい字が、かえって絶望が深いことを表していた。彼女が子どもを産んだ半年前に、奥さんも三人目を出産していた。彼女はそれを知らないようだという。

若い彼女には才能がある。これ以上傷つかずにその才能で、授かった子どもを真っすぐ育ててほしい。自分の産んだ三人の子どもたちの兄弟なのだから幸せになってほしいと、書いてあった。会ったことのないその人は、きっと、理知的な美しい女性なのだろうと想像した。


はあちゃんが四歳で置いてきた幸子ちゃんが、結婚すると聞いて贈った何枚もの着物や帯は、畳紙を開けられることもなくそのまま送り返されてきた。鎌倉の新居の土地の購入費用は、半額ずつを父である泉さんと母であるはあちゃんが出した。

新郎は、京都大学の経済学部を首席で卒業した法衣屋さんの次男坊で、アメリカの企業に勤務していた。京都の披露宴に潜り込んだ祇園の竹乃家の女将さんが撮ってきた写真のウエディングドレスの新婦は、すらりとして黒目がきりっとしている。まったくはあちゃんに似ていなかった。

泉さんは学者肌で、温厚で親切な人柄だ。

恭子は、北京から引き揚げてきた頃に十数回会っている。いつもはあちゃんと一緒に夫婦でやってくる。幸子ちゃんを連れていたことはなかった。

「女学校に進んだのに、本も何もなくてかわいそうですね」

そういう泉さんに、

「うちにも春陽堂の文学全集があるんですが、面白いものはみんな晴美が持っていったきりで。万年筆もシャープペンシルも売ってないから、かわいそうなもんです」

と、文学好きの恭子の父。終戦直後の女学生だった恭子は、本やシャープペンシルどころではない。制服は男物の着物をほどいて染めたセーラー服だし、カバンは木の持ち手で自分で作った袋だ。靴もない。第一、女学校の校舎は空襲で焼失して、再建まで臨時に小学校に間借りしていた。それも二校が間借りだから午前と午後の二部式授業で机も椅子もない。教科書もなかった。

「それじゃ、僕でよかったら、ときどき勉強を見させていただきましょうか」

大学の先生だから、本がなくても大丈夫らしかった。

「僕、北京に行く前は女学校の教師だったんです」

それからときどきふらりとやってきては、漱石や龍之介のこと、『平家物語』や『枕草子』などの話もしてくれた。本当は、恭子に文学を教えることより、恭子の父との文学談議を楽しみに来ていたようだった。

焼け野原にポツンと残った恭子の実家には、焼け出された近所の六家族が住んでいた。泉さん、はあちゃんと幸子ちゃんは泉さんの兄の家の二階に住むことになった。その家は、恭子の女学校が間借りしていた小学校のすぐそばだったから、学校の帰りにときどき寄っていた。

しばらくすると、泉さんは職を求めて東京に行った。はあちゃんは、戦後、女性にも選挙権と被選挙権が与えられた初の普通選挙に立候補した紅露みつ候補の選挙事務所で運動員をしていた。幸子ちゃんは、いつも一人で二階の階段の上で待っていた。

独白

紅露みつ選挙事務所で、涼太に再会して、私の恋が始まった。恋と言っても、お互いに告白したわけでもなく、手も握っていなかった。ただ、普通選挙についてや、その日の出来事を、同じ方向に帰る道すがらしゃべるのが楽しかった。

涼太は、日本の中学校で教えていた時の夫の教え子で、北京の家にある日ふらりと現れた少年だった。北京で会った時は、まだ十代の少年で、幸子がお腹にいた私は先生の奥さんとして接していた。戦争中、戦後の引き揚げで、どんな辛い経験があったのか、すっかり大人になった涼太には、すさんだ翳さえあった。

選挙事務所からの帰り、「今日はよく晴れてるから、登ってみませんか」と涼太に誘われて、二人で眉山に登った時、枝からぶら下がった縊死した人があり、彼が「見ちゃ駄目だ」と肩を抱いた。でも、その前に、しっかり見てしまっていた。舌がだらりと下がり、足元には尿がたまっていたし、脱糞した臭いがあたりに漂っていた。ああいう死にざまはいやだと思った。

「家庭科で作ったの。幸子ちゃんに似合うかな」

かわいい銘仙の着物をほどいて丸く切り、真ん中に穴を開けてゴムを通したギャザースカートを幸子に穿かせると、にっと笑うのが愛らしかった。生まれて幾日も経たず妹の和子が亡くなったばかりだったから、恭子はよけいにそう思ったのかもしれない。

泉さんの就職が決まり、一家は東京に引っ越し、恭子は幸子ちゃんに会えなくなり、少し寂しくなった。

それから何年もしないで、はあちゃんが家出したというので、大騒ぎになっていた時、突然、

はあちゃんが、恭子の家に来た。恭子の母が、

「生きとって、よかった」

と涙ぐんだ。

「どこにおるんや」

と恭子の父。

「京都。女子大の友達んとこに居候しとるん」

いつもの早口ではなく、下を向いてぼそっと言う。

「日のあるうちに、よう徳島の町を歩けたなあ」

恭子の父が呆れたように言う。夫の教え子と駆け落ちしたと、町では噂が広まり、はあちゃんの実家はおろか、親戚中が町中から白い目で見られていた。夫の実家も駆け落ち相手の実家も同じ市内だった。

はあちゃんは、聞き取れないほどの小さな声で、

「幸子が、あっちの実家に預かってもろうとるって聞いたから、迎えにいったん」

「幸子ちゃんは、大工町に置いてきたん？」

恭子の母が表の通りを見渡しながら尋ねた。はあちゃんは小さく首を横に振って、

「それが、外で従兄弟たちと遊んでいたんやけど、『ママは⁉』って訊いたら、ちょっと大きい

子が『ママ死んじゃった』って言ったの。そしたら幸子も『ママ死んじゃった』って言うんよ」

「むごい。浄瑠璃じゃのう」

と恭子の祖父が言った。巡礼おつるは母親と別れて何年も経っているが、四歳四ヵ月で別れ、数ヵ月で、すっかりママを忘れるだろうかと恭子は思った。

「幸子、そう言いながら、ぱあッと走ってきて、あたしに、ぴょんと抱き着いて、『オッパイ』って、胸を触ったんよ」

「どうして、そのまま抱いて走ってこなかったん」

恭子の母が、涙声で言う。

「家の中から『おやつ』って大きな声がして、幸子、振り返りもしないで行ってしもうた。出てくるかなと思って、しばらく待ってたけど、もう出てこんかった」

はあちゃんは、ますます小さな細い声になっていた。

「もういっぺん行って、連れてきなさい。幸子ちゃん一人くらい、預かって育てられるから」

皆がそう言ったが、今度は大きく首を横に振って、声をあげて泣き始め、出て行こうとはしなかった。

一九六七年に開館した日本近代文学館開設費用を捻出するために文学作品の初版本の複刻版を製作するプロジェクトにいた恭子の夫は、精緻な複製を可能にするために、国会図書館に通い、副館長に古書の扱い方、それぞれの装丁の素晴らしさなどを丁寧に教授してもらった。大学へ進学できなかった恭子の夫は、

「和紙は、福井の武生の紙漉き職人さんを紹介してもらった。武生は越前国の国府で紫式部が若い頃に住んでいたところだそうだ。いつも親切で穏やかな教え方で、マンツーマンだから日本の近代文学を学ぶなら、大学の文学部よりいいぞ」

と嬉しそうだった。

「驚いたのは、その泉副館長が、はあちゃんの別れた亭主の泉さんだったんだ。僕は面識がなかったけど、戦前は北京の大学で教えてて、終戦の翌年の夏、郷里の徳島に引き揚げたとおっしゃってた」

恭子はそんなことは知らなかったから、

「そうなの」

とだけ答えた。

「国立国会図書館の館長は、外から招かれるから、副館長って、実質トップなんだよ。すごい学者さんだね」

　恭子の夫は、興奮冷めやらぬ様子だった。

「言ったの？　はあちゃんのこと」

「まさか。『僕の妻が、あなたの前の奥さんの従妹で、女学生の時に、よく勉強を見ていただいたと言っています』なんて言ってないよ」


　泉さんは、はあちゃんの帰りを何年も待ったのち、再婚した。小学生だった幸子ちゃんを、二十九歳で結婚するまで育てた、その再婚相手は、はあちゃんの女学校の同級生の妹さんだ。その家庭に、二十三年後に没交渉の実の母から、結婚祝いが送り付けられてきても、すんなり受け取れないのも当然だ。


「女がね、何か大きなことをする時、いままでの生活をまったく変えるなんて時には、飛び箱の踏切板みたいなスプリングボードが要るのよ。自分の力だけでは飛べないものよ」

　その日は、六本木のロクシーのミニロールを頰張りながら、はあちゃんが言った。

「きっかけ、じゃなくて誰かってこと？」

ミニロールには巻貝形やハート形がある。二個目のハート形をつまんではあちゃんが、

「男に決まってるじゃない」

と恭子に言う。

「踏み台にするなんて、なんだかひどい」

恋愛について恭子を相手に話すのは適当ではない。恭子の夫は高校一年の時の同級生だが、小学校から男女別学だった。恭子が小学校卒業後進学したのは、旧制女学校だった。もちろん男子は旧制中学校だ。学制が変わり、併設中学になり、希望者はそのまま新制高校に進んだ。徳島県立の普通高校は男女共学になり、その物珍しさからか、五十音順に決められた席の前後や隣になった同級生と結婚した夫婦が何組もいた。恭子夫婦もその一組で、はあちゃんの言うような恋愛ではなかった。

「人聞きが悪い。踏み台じゃないの、スプリングボードよ」

「どう違うの。飛んじゃったら、あとは要らないじゃない」

「まあ、よくおっしゃいますわね。でも、そう言われちゃうと、そうかもね」

はあちゃんはハート形のパンをガブリと噛んで、コーヒーカップに手を伸ばした。

「恋愛上手は、振られたようにふるまうって、はあちゃんがいつか言ってたけど、それなら、初めから振るつもりで恋愛してることになるんじゃないの」

恋愛に寛大な浮かれた世の風潮が、どうにも許せない恭子は、ついきつい口調になった。

「あのねえ、恋愛してからお説教してほしいんだけど。理詰めじゃないのよ。わからないかしらねえ」

話の腰を折られたはあちゃんは、鼻を鳴らした。

「わかりません。自分勝手な理屈に聞こえます」

そういう考え方は、本当に不真面目だと、恭子は思う。

「あんたと恋愛談義すると、いつも、嚙み合わないねえ」

はあちゃんは恋愛至上主義だから、嚙み合うはずがない。

「すみませんね」

二杯目のコーヒーをポットから注ぎながら、ぶっきらぼうに口先だけで謝った。派手なプリントのジャージ素材のロングドレスを引っ張り座り直して、はあちゃんが言う。

「恋愛だけじゃなくて、人生の転機って時も、スプリングボードが必要だと思わない？」

そういうことなら、恭子も一緒に考えられる。対談の名手と自慢していたが、相手の興味に話題を寄せてゆく、こういう技を持っているからだと思う。

「知らない所に引っ越しするとか、職を変えるとか？」

「そうそう。生活をまったく変える何か」

「それならわかる」

はあちゃんは、恋愛でも書くことでもない何か大きな問題を抱えているようだった。

「引っ越しも役に立たなくなったら、どうしようかしら。書くことをやめる気はないしね」

とカップを置いて、はあちゃんは右手の指を左手でそっと撫でた。

「困ったね」

作家をやめて他の仕事をするつもりはないらしい。書き続ける覚悟だということか。いったい、何を変えなければならないと考えているのだろう。

「困ってるのよ」

独白

いま、自分で生を絶ったら、三島や川端の真似をしたとか、後追いだとかと騒がれるだけだろう。こんなに書き続けてはいるけれど、流行作家なんて、死んで三年もしたら、出版されることはないし、五年もしたらみんな名前も忘れてしまう。何のために書いてきたのか。それは駄目だ。

「女って、古い靴を捨てるのは新しい靴を買ってからにするでしょ」

ブーツ形のミニロールを恭子にも渡しながら言う。

「そうかしら、履けなくなるまで捨てないし、履ける靴がないと困るから、もう一足は買っておくけど」

靴箱の古い靴を思い出しながら言った。

「主婦的発想。いやあね」

はあちゃんは「主婦的」という言葉を、とても侮蔑的に使う癖がある。

「だって、主婦だもの。それに本当に履くものがなくなることだってあるのよ、経験ないでしょうけど」

「あるわよ。人に借りた靴を履いて仕事に行ってたことだってある」

家出した京都時代のことだろう。

「でも、仕事があれば、すぐに買えたでしょ」

「給料日まで借りてたけどね」

「お給料日になれば新しい靴を買えるなんて、結構、贅沢なことなのよ。ほんとに生活に困ってる時は」

「まあ、靴にたとえての話よ」

ミルクピッチャーから、牛乳を注ぎ、眉間にしわを寄せて、はあちゃんが言う。

「なれるって言葉があるでしょう」

会話するというのではなく、自分自身を納得させるためのような言い方だ。

「なじむってこと？」

「そうじゃなくて、なつくってほう。馬偏の馴れるって、嫌いなの。馴れ合いって、とてもいやじゃない？」

人間が好きなのかと思っていたが、馴れ馴れしいのは好きではないと言うのには、驚いた。

「楽だとは思うけど」

「駄目になる気がするのよ、楽だと。馴れた生活を変えたい」

「新しい生活を用意するってこと？」

よほど大きな問題があるらしいと恭子は思った。派手ないまの生活をすっかり変えるということは、静かにひっそりと生活するしかない。しかし、そんなことが、はあちゃんにできるのだろうか。

「新しい靴が必要になった、と思っているの」

「作家をやめるの？」

いったい、何が起きているのだろう。

「ううん、書くことはやめないで新しい生活をする」

作家のままなら、生活をそんなに大きくは変えられないのではなかろうか。

「新しい靴は痛いかも知れないわよ」

思い付きで動いたら、きっと失敗する。

「初めは痛いでしょう」

はあちゃんは、大真面目だ。

「それにも馴れたらどうするの」

「馴れないような、靴を選ぶの」

自分に対して、厳しく生きるというつもりらしい。

「難しいのね」

「難しくはないけれど、覚悟は必要ね。相当、痛いと思う。馴れないようにしていくのも」

独白

「生きながら死ぬ」ということがある。現世に生きてはいるけれど、実は彼岸に生きているという生き方。この世にあって、この世のものにあらざる生き方。それを選んで、書けなくなったら、それは仕方がない。その時だ。

「現実的な話だけれど、オイルショックで紙がなくなっていくでしょ」

なんだか考え込んでいる重い空気が息苦しく、恭子は話を変えた。

「大阪でトイレットペーパーの買い占め騒動が起きてるって、チセコさんが、この間言ってたあれのこと?」

独白

仕立てあがった黒のロングコートを届けに来たアトリエ・チセコのマダムが、大阪のようにトイレットペーパーが買えなくなると、ジャージの部屋着の仮縫いをしながら言っていた。「うちのお針子さんが、出先のトイレで予備のトイレットペーパーをもらっちゃおうかなと思いました、なんて言うのよ。おやめなさいって言ったら、もちろん、そんなことしませんでしたって」。百合ちゃんは何も言わないが、このあたりでも買えなくなっているのだろうか。


「原稿用紙も手に入りにくくなるらしいわよ」

トイレットペーパーではピンとこないようなので、同じ紙でも、原稿用紙ならと思った。案の定、コーヒーカップから目を上げた。はあちゃんは、いつもの口調で、

「それは困る。お宅はどうしてるの?」

「うちのが箱で買ってきた」

「頼りになるわねえ」

「そういうことは速いの」

「うちのも頼んでよ」

「言っておく」

「原稿用紙はどうしよう」

「たくさん買っておいたほうが、いいんじゃない？」

「買ってきてくれる？」

「たくさんは重いわよ」

「届けてもらえばいい。行ってきてよ」

「わかった。インクはあるの？」

「それも、お願い」

実は、トイレットペーパーの買い置きは三箱あった。その夜、帰宅した恭子の夫が、ひと箱運んだ。

「ほんとに頼りになるわね。手早いのね」

「いえいえ。何かお手伝いできることがあったら、言ってください」

恭子の夫は女性には、誰に対しても、とても調子がいい。

翌日の午後、恭子が神楽坂のいつもの文具店に行くと、思いがけず、

「すみませんね。いつもの原稿用紙、全然ないんです」

と、店主に頭を下げられた。

「お願いしておいたら、いつ頃入るでしょうか？」

たまたま店に在庫がないのだと思った恭子がそう言うと、

「さあ、印刷ができない、紙がないんでね」

恭子の夫が言うように、紙がないのはトイレットペーパーだけではないのか。それでは、出版はどうするのだろう。

「そうですか」

店主は、店の前の棚を指さして、

「お困りでしょう。メーカー品ならあるんですが」

小学生でも使う見慣れた原稿用紙が何冊も積まれていた。

「慣れてないと」

店主は、独り言のように、

「まあ、おいやでしょうね」

と言う。

「でも、原稿用紙がないと書けないから」

この店は、出版社が、執筆が遅い作家を缶詰にすることで有名な旅館のすぐ近くにある。多くの作家が愛用する特製の原稿用紙を幾種類も揃えていた。

「出版社には専用の原稿用紙があるから、しばらくそれで我慢されるとか」

仕方がないから、そう伝えよう。

「今日はインクを頂いていきます」

「いつもありがとうございます」

「多めに下さい」

「五個でよろしいですか」

「ええ」

インク五個を持って帰り、

「いつもの原稿用紙は、紙がなくて刷れないんですって」

と、はあちゃんに伝えると、恭子が思ったのと同じ反応をした。

「え、大阪でトイレットペーパーが買えないだけじゃなくて、印刷工場に紙がないの？」

「そうらしい」

はあちゃんが、指を折りながら言った。

「まだ、何冊かは残ってるけど」

「困ったわね」

原稿用紙でなければいけないのだろうか。はあちゃんが、つと顔を上げて、

「長尾さん、印刷も担当してるって、前に言ってたでしょ」

早口で言う。

「聞いてみるけど」

商店の包装紙や、子どものためのペーパークラフトなども印刷しているのは知っていた。

「トイレットペーパーだって、手に入れたんだから」

同じ紙でも、仕入れ先が違うだろう。

「あれは、伝手で買ったんだと思うけど」

「頼んでみて、見本に一枚渡す」

「もったいないわよ、書き損じでいい」

「すごい発想。まさに主婦的」

「だって、一枚でも大事よ、いま」

その夜、恭子が帰宅した夫に言うと、

「原稿用紙ね。現場に掛け合うよ」

と妙に張り切っていた。

四日後に、二十冊ずつ梱包した原稿用紙を三十箱持って帰ってきた。すぐに、台車に載せたまま、十一階に上がった。

「同じにはできませんでしたが」

と、一冊を広げて見せた。

「お役に立てばと思って」

「ちょっと厚いけど」

「原稿用紙用の紙がなくて」

「書いてみるね」

はあちゃんは書斎へ戻り、万年筆を持ってきた。三行目に「瀬戸内晴美」と書いてみて、安堵したように言った。

「書きやすい」

「それはよかった」

台車から、箱を下ろそうとする恭子の夫の背中に、

「そんなに長いこと、いつもの原稿用紙がないってことはないでしょ」

と声をかけた。

「やはり、使い慣れた原稿用紙がいいでしょうね」

夫ががっかりしたように言うと、

「ありがたいけど、ずっとかと思うと」

はあちゃんが、あまり申し訳なさそうでもなく、はっきり言うのに、

「じゃ、全部、置いておくと気が滅入るかもしれないから、少しにしましょう」

恭子の夫が気を取り直して言う。

「そうね。一箱に何冊入ってるの？」

「二十冊入っています。どれくらいのペースで使いますか」

「それじゃあ、いま一箱。残りの半分を京都に送ってちょうだい」

「わかりました」

一箱を玄関に下ろして、台車を押してエレベーターを待った。半分を京都に送るにしても、どこかに保管しなければならない。

「トランクルームに入るかな」

「入るけど、腰が痛くて手伝えない」

恭子のぎっくり腰は、だいぶよくなり、歩くことはできるし、家事もだましだまし普通にできるようになったが、重いものを持ち上げるのは、まだ無理だ。

「いいよ。手伝わなくて」

「じゃ、鍵を持ってくる」

七階で恭子だけ降り、恭子の夫はそのまま一階へ下りて行った。駐車場の向こう側に、別棟のトランクルームがあり、各戸一区画ずつ割り当てられていた。キャンプやスキー、釣りなどの道具を保管している家が多かったが、我が家は、そんな趣味もなく、スペースに余裕があった。

独白

生きることを考えているのに、書くことに、こんなに執着がある。私にとって、書くことは生きることになっている。原稿用紙とインクをたくさん用意して、書かせてもらえるならば書こう。

私の瀬戸内寂聴　　　玲子の回想

手伝いはじめ　一九七〇年

初めは、評伝小説の資料探しの手伝いだった。

一九七〇年の暮れ、私の中学二年生の冬から、同じエレベーターの十一階と七階に住むようになって、はあちゃんこと瀬戸内晴美は、ときどき、七階の私の家で食事をするようになった。

「あたしは女学校で陸上部だったの。あんたは何部に入ってるの？」

中学生との食事に、当たり障りのない話題だ。

「文芸部」

ベストセラー作家に答えたくなかったが、本当なので仕方がない。

「小学生の時から本が好きだったもんね」

その三年前の、目白台アパートでの会話を思い出したらしいはあちゃんは、

「この頃は、誰の本が好き？」

「アガサ・クリスティとサガン」

「家にある文学全集には入ってないでしょう」

「サガンは入ってました」

「サガンは、あたしも好きよ」


中学に入るまで、私は父と一緒に床屋さんに行き、髪を切ってもらっていた。父のオーダーは、いつも
「セシールカットでお願いします」

だった。

テレビの洋画劇場で『悲しみよこんにちは』を観ていた時、

「このヘアスタイルがセシールカットって言うんだよ」

と父が教えてくれた。十代の終わりのジーン・セバーグの中性的なとんがり方をブラウン管越しに見ながら、「こんな高校生になったら、パパは困るのではないだろうか」と私は思った。

家にある文学全集に『悲しみよこんにちは』が入っていたので、はあちゃんとの会話のあとで

読んだ。全集には四作品収められていた。書店の新潮文庫の棚には、サガンの作品がたくさん並んでいて、どれも百円程度だったので、毎週のように買っていた。その頃は、翻訳者を確認するなどということはしなかったので、同じ朝吹登水子訳なのに、全集に収録されている四作品も文庫で買ってしまった。

「デュラスも好きだけど、ちょっとあんたにはわからないかもね」

サガンで会話が続くかと思ったら、ぶつっと途切れてしまった。デュラスなんて知らないから、相槌の打ちようもない。別のジャンルの本の話題にしなければと私は思った。

「最近、図書室に『サマセット・モーム全集』が入ったんです。先輩が、面白いのもあるよと勧めてくれたので、読み始めました」

「中学校の図書室？」

「はい」

「先輩と話をする機会があるのね」

本のジャンルではなく、はあちゃんは人間に興味があるようだった。

「図書委員会で貸し出し当番が一緒の時に。実は、来る人が少ないので、本の整理をしながらおしゃべりしてます」

「図書委員なの？」

「はい。小学校の時は図書係でした」

「それで、小学生なのに小説家に興味があったのね」

「小学校の頃はアーサー・ランサムとか、ミルンとかが好きだったんですけど」

「翻訳ものばかりね」

これはいけない、日本の現代の作家をあげなければ。

「北杜夫や、大西赤人、庄司薫も読んでます。文庫になってないからあんまり買えないけど」

「お小遣いで？」

「はい」

「お小遣いはいくらなの？」

「月に五百円」


私の書架にある本の奥付では、フランソワーズ・サガン著、朝吹登水子訳『すばらしい雲』（新潮文庫一九七〇年十一月十五日七刷）が百十円、庄司薫著『赤頭巾ちゃん気をつけて』（中央公論社一九六九年三月四日三十七刷）は三百六十円、アガサ・クリスティ著、深町真理子訳『親指のうずき』（早川ミステリー一九七〇年十二月十五日）は三百八十円。『クリスティ短編全

集4』（創元推理文庫一九七一年六月十一日十五刷）百七十円。

やはり、本ではない事柄に、はあちゃんの関心はあるようだ。

「本は、お小遣いじゃなくて買ってもらいなさいよ」

「小学校の時は、学校の帰りに寄る本屋さんは、父が勤めてるお店だったから、お給料から引くからって、私は払わなくてよかったんです」

「それはいいわね」

「でも、中学になったら、引っ越して、全然関係のない本屋さんに寄るから、それはできなくなったんですけど、読みたいなと思った本は見つけたらすぐ買いたいなと思って」

「学校に、お金持っていっていいの？」

「購買もあるし、少しだけ。だから文庫」

「文庫になってないのは、どうやって買ってもらうの」

「この本が買いたいって新聞の広告を見せて本代をもらいます」

取材のように質問が続いた。

こんな緊張することが何回かあったあと、はあちゃんが唐突に言った。

「大正時代って、サンドイッチのハムみたいだと思うのよ」

「明治も昭和も四十年以上あるのに大正が十五年と短いからですか？」

私は卵サンドのほうが好きだ。

「そうそう。でもサンドイッチはハムに味があるでしょ」

「大正生まれだから、大正時代に味があると思うんですか？」

「それもあるけど」

「大正ロマンなんて言いますね」

「そうね」

「モボモガとか」

大正時代について聞きかじった単語を並べてみた。

「モガと言えば、ばあちゃんの若い頃の写真に、おかっぱにして、フリンジが裾に付いてるビーズでいっぱい刺繍してあるドレスを着て、ステッキを持ってるのがあります」

「それ、きっと、十代よ。あんたのおばあちゃんが神戸にいた頃」

話は合わせてくれていたが、つまらなそうな顔になった。時代のことではなくて、小説の話なのだろうと思った。

「大正時代の小説家って言うと、新しき村の武者小路実篤とか、志賀直哉とかですか」

「読んだの？」

「面白くなかった。文学史にあったから読んでみたけど」

「田山花袋とか、北原白秋とか、あたしは好きよ。一番は徳田秋声かな」

花袋は文学史の本に「代表作『蒲団』」があったこと、白秋の作品は「からたちの花」しか中学二年生の私は知らない。

「名前しか知らないけど」

「まあ、中学生向きじゃないけれど、生き方も面白いのよ」

その数日後、

「この間話してた、サンドイッチのハムね、書きたいから、神保町の高山書店と八木書店へ資料にする古本を買いに行ってきて」

と、はあちゃんに頼まれた。

「じゃ、リストを下さい。行ってきます」

私が言うと、ちょっと呆れたように、はあちゃんが言った。

「具体的に、これが欲しいということじゃないの」

「それじゃあ、どの本が必要なのかわからない」

私は責任重大だと驚いた。

「大正時代を書きたいから、必要なものを揃えてくださいって番頭さんに頼むの」

「田山花袋や北原白秋、徳田秋声のあたりって言えばいいですか」

「そうね、番頭さんは古本の目利きで、よく知ってるから」

「古本屋さんが見繕ってくれるなら、私が店まで行かなくてもいいんじゃないですか」

はあちゃんは、ますます呆れたような目になって、

「電話か手紙で頼んでも、揃えてくれるけれど、やっぱり直接、人間が店の本棚を見るほうが、安心なのよ」

中学生が、安心な人間に相応しいとは、思えなかった。

「私で、いいんですか」

「いいの。誰かいると、番頭さんも気合が入るから」

断りたい気持ちを汲んでくれないので、現実的な理由を考えた。

「代金はどうしたらいいですか。お金をたくさん持っていくのは怖いです」

本心から、大金を持って歩くのはいやだった。中学生の私にとって、三千円以上は、大金だった。しかも、他人から預かった大金を持ち歩くなどとんでもない。

「届けてもらう時に、請求書を付けてくださいって言ってね。その場では払わなくていいの」

「そんな買い物の仕方があるんだ」

ツケで買う方法があることは知っていたが、請求書払いは知らなかった。

「あるのよ」

行ってみると、古本屋さんは楽しかった。ベテラン店員のことを番頭さんと呼ぶのも面白かった。

それまでも、神保町の書店街にはよく行っていたけれど、古書店に入るのは初めてだった。大きなガラスの入った、木の扉を開けると、カビの匂いがツーンとした。日本文学、近代文学と棚を探して、奥に向かうと、年配の番頭さんらしき人が、場違いな私をじいっと見た。

「あの、すみません。大正時代、徳田秋声の関係の本はどこでしょうか」

「それなら、この棚ですね」

と、大正時代のことを書いたものや、大正時代の本が並んでいる棚に連れて行ってくれたが、中学生に必要なものを選べるはずもない。

「大正時代を書きたいからって、頼まれたんですけど。文学です」

番頭さんは、

「秋声ね。こちらです」

私を案内しながら、

「政治は要らないな。当時の社会がわかるものは要りますね」

と、次々と棚の本を二センチほど引き出して、

「こんなところでしょうか」

と振り返った。子ども扱いをしないので、私は驚いた。

「それ、届けていただけますか」

「かしこまりました。お届け先をお願いします」

「請求書を付けてくれるように、ということなんですが」

「承知しました」

ポケットから出した眼鏡を掛け届け先を見て、ホオッというような顔で私を見た。

「では、明日、お届けするとお伝えください」

「よろしくお願いします」

大役を終えて思わず溜息が出た私に、番頭さんが、ふっと笑いかけた。

そのお使いは、役に立ったらしく、それからも、はあちゃんに頼まれて、何度か同じ店に通ううちに、

「自分でも選んでみては、どうですか」

番頭さんに促された。

「試験みたいですね」

と言いながら、棚の一段から私が選んだ本を眺めて、番頭さんは、

「いい勘してますよ、なかなか」

「外れていませんか」

「もう一冊、選んでごらんなさい。外れなかったら、表のワゴンの中であなたの欲しい本を一冊、私から進呈しましょう」

と、隣の文学書ではない本が並ぶ棚を指さす。店に入る時に、店頭の五十円均一と書かれた文庫のワゴンをあれこれ触っていたのを見ていたらしい。

「これはどうでしょうか」

『明治大正国政総覧』を見つけ、奥付を見ると昭和二年刊行だった。「当時の社会情勢」がモノの値段でわかるのではないだろうかと思った。

「外れませんでしたね。後で、ワゴンから一冊お選びなさい」

番頭さんの試験には及第したと、ちょっと嬉しかった。番頭さんは、他にも何冊か選んで若い店員さんに渡しながら言う。

「評伝だと、いくら小説だと言っても、時代を書かなくちゃリアリティがないでしょう。一冊の中の数行が使えることもあるし、全部読んでも、一行も使えない本もあるんですよ」

才能があれば、泉が湧くようにどんどん書けるのではない、プロの作家の厳しさを垣間見たような気がした。ほとんど使えない資料に投資する財力も、膨大な数字や文章から光るものを引っ張り出す勘と力も必要なのだ。

「届いたから、玄関に積んである。まず読まなきゃいけない本から、資料として見なきゃいけないものを、年代順に、だいたいでいいから、並べてちょうだい」

はあちゃんから電話が掛かってきた。古書店の番頭さんに、本を選んでもらって買ってくるだけが、私にしてほしいことだったのではなかったようだ。

はあちゃんの一一〇一号室の玄関の土間に積まれた段ボール箱の前で、尋ねた。

「廊下に並べて、いいですか」

廊下は、届いた本を片側に並べても、通るのには困らない。

「こっちに並べて」

はあちゃんが指さしたのは、リビングのドアだった。

「そっちに？」

「廊下だと、上がらないで玄関で用を済ませて帰る人にも、本が丸見えでしょ」

「そうですね」

廊下に、古本が並んでいるのは、みっともないに違いない。

「あのね、自分の本を他人に見られるって、頭の中を覗かれるってことと同じなのよ」

はあちゃんが意外なことを言った。見栄えの問題ではなかったのだ。

「そうか」

本が頭の中身というのは、その通りだと思った。まして、この部屋にやってくる客は、物書きや編集者だから、頭の中のある、次の構想は、きっとは知られたくないだろう。

「いやでしょ。親しくない人に、頭の中を覗かれたら」

「はい」

「お客が来た時に邪魔にならないように、ソファの後ろに並べて」

「はい」

扉が折りたたまれて左右に収まるチークのサイドボードの前に、黒い革の大きなソファが置かれていた。その間が八十センチほど空けてある。本を、背表紙を上にして一列に並べても、サイドボードの開閉に支障はないし、人がしゃがみ込むスペースもあった。

「ブックエンド代わりに、その並びが、どういうものかわかるように書いた紙を付けといてね」

と、メモ用紙とサインペンが渡された。箱から出して並べる作業には、店で聞いた番頭さんの話が、とても役に立った。

深海のような、紺色の壁紙の広いリビングには、四谷シモンの人形が収まった二つのガラスケースが置いてあった。

そのそばで、古本を整理することが、異空間での出来事のようだったのは、古本のカビの匂いのせいだっただろうか。

ガラスケースには「少女」と「少年」とラベルが付いていて、スカートと半ズボンだったけれど、虚ろな表情の二体は両性具有の生き物の剝製に見えた。剝製と言うより、実は命があって、何かの拍子に動き出すのを止めるために、人形の繊細さに不似合いな重厚なアンティーク調のケースが必要なのではないかと思うくらいの生々しさがあった。

はあちゃんが京都に移ってからは、古書店通いの楽しみも、まがまがしささえ漂う異空間での時間もなくなった。

はあちゃん倒れる　一九七五年

「頌春献寿

いつもと同じ日の光なのに今年得度して初めての元旦は、生まれ変わったようで、新春の陽ざしが有難いです。暮れには、幾年かぶりで、親しい皆さんに、年賀状を書きました。そこに、今年はより人間らしく心豊かに生きたいと書きました。本当にそうしたいと思っています。

恭子ちゃん宛に初めて手紙を書きます。元旦に下した万年筆です。

いつも、たくさんの人に囲まれていましたが、得度で、一番ショックを受けたようなのが恭子ちゃんだったのは、意外でした。それから、「得度のお祝い」をくださったのは、長尾さんだけでした。やはり、身内には気持ちを許せると心強かったです。

いまいる上高野の家は、ずいぶん狭いのですが、物があふれていた生活を捨てたので、さっぱりとしています。心も、得度して、垢や澱が一掃されたよう、軽くなりました。

旧年中は、思いがけず様々お世話になりました。

得度したおかげで、あなたたちとようやく親しくなれて嬉しいです。

どうかこれからも仲良くしてください。

私にできることは遠慮しないで相談してください。

瀬戸内寂聴（晴美）」

はあちゃんが、京都での住まいを御池から上高野に移したのは、得度の翌年一九七四年のお正月、寂庵に移ったのはその年の暮れだった。

母は、上高野の仮住まいに一度、樹木が生え揃っていない新築の嵯峨野の寂庵へは、「寂庵開き」から始まり、たびたび、手伝いに行っていた。

寂庵での初めてのお正月の松が明けた頃、寂庵の百合ちゃんから電話があった。「百合ちゃん。今年もよろしく」と明るく言った母の顔色が、しばらくあちらの話を聞いて変わった。

「持仏堂で、お客様と一緒にお経を唱えてた時に、具合が悪くなって、日赤病院で診てもらったら、クモ膜下出血って診断だって。すぐ、来てほしいって」

建てたばかりの頃、寂庵には母屋の前に小さな持仏堂があって、観音様が安置されていた。母屋とはつながっていないので、玄関を出て、ほんの数メートルだが外を歩かなければならない。小さな持仏堂は、曼荼羅山寂庵嵯峨野僧伽ができると観音様もお移りになり、役目を終えて、売店になったり、住み込みの尼さんの居室になったり、事務所になったりした。

寂庵で泊まり込むようになると、「お経を観音様にあげるから、一緒に」と誘われて、「般若心経」の小さな経本を渡され、一緒に読経をした。もう、何百回も唱えているはずの「般若心経」なのに、はあちゃんはときどき飛ばしたり、詰まったりする。ごまかして先に進むことはしないで、「もといっ！」と大きな気合を入れて、はじめからやり直しになる。ものすごい早口で唱えても、やり直しがあるから、足がしびれて困った。はあちゃんより年上の編集者と一緒の時、「こんなことを言っては失礼だけど、早すぎて、ご利益がないような」と言って笑ってらした。

後にできた立派な黄色の絨毯敷きの曼荼羅山寂庵のお堂で読経するよりも、私は、この小さな持仏堂が好きだった。庭の梅や、玄関のトクサも、扉の桟にかしこまっている小さなカエルも一緒にお経を唱えているような、静かな気持ちになれたから。

「すぐって、入院した病院に行くの？」

母は、急に呼ばれても、すぐに出られるように、着替えや洗面道具を入れた「京都行き」と呼ぶ小ぶりのボストンバッグを用意していた。それを引っ張り出して言う。

「第一日赤だって」

「地図で調べる。第一って、京都には二つも三つも日赤があるんだね」

京都市がそんなに広いとは思っていなかったから、驚いて私が言うと、母は、

「東京にだって、日赤は三つあるわよ。広尾、武蔵野、大森」

返事をしながら、財布の中身を数えて、本当に心配そうに言った。

「百合ちゃん、いつも、あんなに穏やかな物言いなのに、ものすごく早口で、慌ててた」

百合ちゃんは、母を慕っていて、料理や、和裁や、洋裁を習いに来て、二人は仲良くなっていた。母の口調が暗いので、私も心配になった。

「かなり悪いのかな」

「ともかく、行ってくる」

留守にする時の習慣で、冷蔵庫の中身を確認している母に、私が、

「一緒に行くよ。冬休みだから」

と言うと、

「じゃ、パパにメモ書いといて」

母は、着替えの用意を始めた。

「パパのポケベルにも入れとく」

携帯電話はまだなく、会社から支給されていたポケットベルに急用の連絡をしていた。

「そうして」

古い京都第一赤十字病院の暗くて長い廊下の一番端の病室だった。真鍮のノブを回して、重厚な木製のドアを母がそっと開けると、広い部屋の真ん中にベッドが見えた。付き添いはいない。

「恭子です。どんな具合？」

意識もなく寝込んでいるのかと思ったが、ベッドから、ひらひらと右手を振る姿は、見た目には普段と変わらなかった。

「びっくりしたわよ。軽くてよかった」

ほっとして、いつもより早口で母が言う。

「温かく暖房してる寂庵から、まったく火の気のない持仏堂に行って、大きな声でお経を唱えてたから、脳の血管が耐えられなかったのね」

はあちゃんは左手の指をそっとをさすりながら神妙な顔で、

「仏様が試されているのだと思う。書けなくなるかもしれない」

と、言った。母と顔を見合わせた。実際に聞こえた音は、「仏シャマカタンメンシャれていリュンタと思う。書けニャクニャルカンもシャナイ」だったから。話すスピードは以前と同じで、自分では発音が変だとは気付いていないようで、

「左側がしびれてるの。足も手も。右でなくてよかった。字は書けるのよ。頭も大丈夫」

書くことへの執念は、すさまじいと思った。死んでいたかもしれないのに、後遺症が左でよ

かった、書けると言うのだから。

「女は左が多いんだって。男は右をやられるって。左でよかった」

そんな男女差が、本当にあるのだろうか。出血した部位によるのではないかと思ったが、黙っていた。

「でも、クモ膜下出血は二回目、三回目が危ないっていうから、いやでしょうけど、しばらく大人しくして、仕事も、できたら減らしたら」

と、母が言う。いつもなら仕事を減らせなどと言うものなら、さっと機嫌が悪くなるのに、素直に、

「そうする。今年は、仕事しないようにっていう仏罰だと思う」

と静かに言い、左手をさする右手を見ながら、

「行院で修行も全部したのに、何が仏罰に値したのかしら。やっぱり、小説を書きたいっていうのがいけないのかしらね」

はあちゃんは、独り言のようにつぶやいた。

「得度の時に、嘘はつきませんって、誓ったのよ。でも、小説を書くことは嘘を書くことだから」

大事はなく、あとはリハビリをするだけだというので、ほっとして、窓から外を覗くと、たく

さんの墓が並んでいるのが見えた。病室の窓から見るのにふさわしいとは思えないが、お坊さんだからいいのだろうか。大きな窓からは、お寺ばかり並んでいるのが見えた。

京都にいてもすることはないので、その日のうちに東京に帰った。ちょっと安心したらしい母は、

「あんな、はあちゃん、初めて見た。脳の考える部分も、どこか変わったのかもね」

と新幹線の中で言う。

「子どもの時から、初めて？」

「はあちゃんが女学生の頃からしか覚えてないけど、あんな大人しいの初めて」

病気は公表しなかった。幸い、発作は一度だけだったようだ。左手のしびれは、ほどなくよくなり、日常生活に不自由はないようだったけれど、呂律が怪しくラ行の発音が年の終わり頃まではっきりしなかった。

この年、短編の発表はしなかったが、『冬の樹』『幻花』の二本の小説と、エッセイ『遠い風、近い風』の連載は続けた。

のちに、全刊行本を読まなければならないことがあり、発作は仏罰ではなく、恩寵だったように思った。

発作の前後で、明らかに文章が変わった。

それまで、人間を深く細やかに描いてはいたが、自然描写が少ない。野に咲く花や草木は、ほとんど描かれなかった。しかし、発作のあと連載を始めた『嵯峨野より』では、鮮やかな水彩画のような自然描写が美しい。

寂庵の庭の草木や嵯峨野の畑中の小道の花と向き合い、小鳥たちの声を聴くリハビリ生活のなせる業か、いや、それこそが、「出離者は寂なるか。梵音を聴く」の始まりだったのかもしれない。

寂庵の庭には、シュウメイギクやハギ、トクサや季節を彩るかわいい花が次々と植えられていった。裏には、小さな畑まで作って、ホウレン草やハーブが植えられた。毎日、庭に出てはそれを見て歩くのが、はあちゃんはとても楽しいようだった。梅雨には、

「小さい緑のカエルが、玄関の引き戸の桟にとまってたりするのよ。見に来ない？」

などと、電話があったりした。本郷でもよく近所を散歩していたが、嵯峨野では、畑のわきの土の道や、河川整備されていない小川のほとりなどを、ゆっくり散歩することが増えた。

寂庵には何人もスタッフがいたが、住み込みの人はいなかったので、体調に不安があったのか、母が呼ばれて、寂庵に何日も泊まり込むことが増えた。

「寂庵からね、前の畑の小道を通って、ちっちゃな橋を渡ると、川沿いに大きなお寺、あそこまで、はあちゃんと二人で散歩するの。初めての日に、はあちゃんから呼吸法のコツを習ったよ。一吸って、三吐く。姿勢も大事。おへそを背中にくっつけるような気持ちで、背筋を伸ばす姿勢も大事。おへそを背中にくっつけるような気持ちで、背筋を伸ばす。すごく早く歩けるの」

「大きなお寺って、天龍寺まで行くの？」

「ううん、お豆腐の森嘉さんのとこ」

「清凉寺だ」

「はあちゃんが『大きなお寺』って言うから、はあちゃんと私の間では大きなお寺よ」

「確かに大きいね」

「はあちゃんの古くなった草履を素足で履いてね、舗装してない土の細い小道だから、どんどん歩けるの。一日に五十往復はしていたわよ」

「リハビリ？」

「そうね。とても早く歩けるから、これ、いいわねって言ったら、比叡山の千日回峰行の行者さんの歩き方なんだって」

　そんな修行があることを初めて知った。

「千日回峰行って、比叡山を三年も歩くの？」

「そうなんだって。命がけの修行だって言ってた」

「お坊さんの修行って、いろいろあるんだね」

「何年もお堂に籠もって、誰にも会わないってのもあるんだって」

「それも大変そう」

「できないことをするから、苦行って言うのよって、はあちゃんは言ってたけどね」

「歩いてる時は、話はしないの？」

「するよ、比叡山の修行の話をぽつぽつしてくれた。歩いてて驚いたのは、はあちゃんって、道端の草花の名前をほとんど知らなくて、珍しそうに、『この花は何？』って尋ねるの」

「どんな花が咲いてるの」

「ハコベ、スズナ、私の好きなタチツボスミレ、夏の夕方はオシロイバナ、ツキミソウなんか。どこにでも咲いてる花よ」

東京の道端にだって、いくらでも咲いている花だ。

「そんなのも知らないんだ」

母は、小さなため息をつきながら言った。

「興味がなかったんじゃないかしらね」

「人間以外には、関心がなさそうだものね」

文学賞を受賞した作品も、新聞の連載小説も、人間、それも恋愛がメインだったと思った。

「でもね、私も町育ちの子だから、野草や野菜の名前はわからないでしょ。畑で農作業をしている人に尋ねて教えてもらったりしながら散歩してたの」

「今度散歩行く時、ポケット版植物図鑑を持ってくといいね」

「うちにあるあれ？」

母は、乗り気のない声で答えて、書架を見た。ポケット図鑑と言っても、我が家に並んでいるのは厚さが三センチはある。

「もっと薄いのがある。『町に咲く花』みたいな」

「そうね」

作務衣のポケットに入る『道端の花』を用意した。

寂庵での手伝いが始まる　一九七八年

リハビリが功を奏して、はた目にはすっかり元気になったはあちゃんは、僧侶としてのエッセイの連載など、前にはなかったジャンルや媒体の仕事をするようになっていった。

私が大学三年の時に、はあちゃんから、

「四年でまた、ものすごく本がたまっちゃった。書庫の整理に、寂庵に来てちょうだい」

と電話があり、泊まりがけで京都に通うようになった。

「徹夜で書くから、先に寝なさい」

手伝いの人たちが作ってくれた晩御飯を温め直して二人で食べ終わると、はあちゃんはそう言って、奥の書斎へ籠もる。

寂庵のちょうど中央に和室があり、そこが泊まり客用の部屋で、私はその頃、そこに布団を敷いて泊まっていた。床の間には、人形師天狗久作の浄瑠璃人形が二体置いてあった。人形遣いが使っていないお染とお園は、ぽかんと口を開いて、がっくりと頭を前に落とし、何を見るといぅでもなく見開かれた目は、枕から見上げるとちょうど視線が合ってしまう。時折、天井裏からは、ネズミのキキっという小さな悲鳴と、追いかける青大将のゾワゾワと這う音が聞こえる。

ぐっすりと眠ったと思ったら、枕元に何かの気配がして、ドンと重たいものが置かれる音がした。そっと目を開けると、まん丸い頭のはあちゃんがじっと私の顔を覗き込んでいる。

「ねえ、寝ちゃってる?」

寝ていいと言うから、寝ている。

「何か、御用?」

寝ぼけ眼をこすり、枕元に置いた眼鏡をかけて、そう言うと、

「ううん。ちょっと呑もう」

はあちゃんが言うので、のそのそと起きると、お染の前に、本が数冊置いてある。

「呑んだらね、これ、読んどいたほうがよさそうなところに、付箋をつけといて」

それを頼みたいから、起こしたのか。呑みたいのは、ひと仕事終えたはあちゃん自身だろう。

「私は呑まないで、それをしたほうがいいんじゃないですか」

寝ぼけているし、呑んだら、人のために本を読むどころではない。

「酔っぱらわなければいい。付き合ってよ」

「じゃあ」

と、お茶の間で呑み始める。

泊まり込むと、何日かに一回、必ずと言っていいほど、こんなことが起きた。

時には、本を読めとは言わずに、ただ、

「ちょっとずつ残ってる、呑みさしを整理しよう」

と言うこともあった。

はあちゃんは、お茶の間の棚から洋酒を出して少し呑み始めると、

「何か、あてが欲しいね」

と言って冷蔵庫を開け、瓶の底に少しずつ残った珍味や梅干を取り出して、

「こういうの、小さい入れ物に移せばいいのに」

とぶつぶつ言いながら、二人で呑む時に、豆皿に載せていく。

「他のものに入れちゃうと、中身がなんだかわからなくなるじゃないですか」

私は、得体の知れない珍味の正体を、瓶のラベルで確認しているのに、器を変えられたら困る。

「そうかなあ」

はあちゃんは、食器棚の開きをガチャガチャ開けて、小さな蓋つきの器を、キッチンカウンターに並べた。移されては困る。

「それに、食べかけみたいだし」

「お客には出さなければいいじゃない。どうせ、あたしが食べるんだから」

はあちゃんは不満そうだ。

「あんた、言っといてよ」

なぜ、私が台所方に、そんな差し出がましいことを言わなければならないのか。

「いやですよ、そんな小姑みたいなこと言えません」

「あたしもいやよ。嫌われる」

自分が雇っている人たちへの指図は自分ですればいい。

「ずるいな。自分がいやなこと人にさせようとするなんて」

「へ、へ、へっ。食べちゃうのがいいね」

ひと口ずつ残っていた酒瓶は次々と空になり、はあちゃんが、里見弴に教わった豚しゃぶの作り方や、平林たい子のオウムのエピソードを楽しそうに話すのを聞いていると、台所の窓の外が白々と明るくなる。

「朝ですよ」

「ほんとだ。さあ、寝よう。片付けなくていいから、あんたも寝なさい」

自分は、さっさと寝室に入ってしまう。

九時前にはスタッフが出勤してくる。私は、食卓をそのままにして、寝てしまうわけにはいかない。空いた酒瓶を勝手口から外に並べ、豆皿やグラスやデキャンタを洗うと、隣の家の雨戸を開ける音がする。それから眠ったら、九時前には起きられないから、酔い覚ましにコーヒーを淹れて新聞をゆっくり読んで、お茶の間でスタッフの出勤を待つ。

「まあまあ、バーの勝手口みたいですね」

と台所方が呆れながら、出勤してくる。

ある日は深夜に、

「畑の野菜であてを作ろう」

と懐中電灯を片手に裏の真っ暗な畑で、ホウレン草を収穫し、ミントを摘み、

「到来物の牡蠣があったはずだ」

と、冷蔵庫から殻付きの牡蠣を出して、書斎から持ってきた婦人雑誌を開き、

「ホウレン草と牡蠣の何とかって、作り方がグラビアに載ってた。おいしそうだから、作ろう」

と言うこともあった。

はあちゃんは、一流どころでの外食が多いので、味付けと盛り付けは抜群だが、調理の段取りはめちゃくちゃで、台所は悲惨なことになり、深夜早朝の後片付けが大変だった。

「寂庵開きのお祝いは、木をお好きなところに植えてください、ってみんなに言ったの」

とは聞いていたが、行くたびに、木が増えて、赤土でどろどろだった庭はみるみる緑に覆われていった。

「下さる方は、自分で苗木を抱えてきて、スコップで好きなところに植えるのよ。あれは、寒村杉」

庭の奥まったところにひょろひょろの杉の若木が植えられていた。

「荒畑寒村さんですか」

「そう。門から上がる途中に木札が掛かってるのは江戸英雄さんのカルメリア」

庭の若木の一本一本を、植えた人を紹介するように案内してくれた。

「昨日は寂庵、巨石騒動」

と電話があった時は、大きな山崩れがあったのかと驚いた。裏山を背負っているわけではないが、なだらかな山の斜面には違いない。

はあちゃんの話では、

「庭には石がなくては形がつきません。私は木ではなくて石を置かせてもらいたい」

と言う人がいて、

「お願いします」

と返したら、ある日、クレーン車とダンプカーが門前に着き、ガーッという騒音をあげながら、大石をドーン、ドーンと、門から庭へ上がる石段の右側に置き始めた。びっくりしたが、

「お願いします」と言ってしまったので、任せていた。

「石が落ち着いていなくて、しばらくは危ないから、門を使わないで、勝手口から出入りしてください」

と、夕方、満足そうに帰っていったという。

寂庵は、庵のたたずまいと言うより、立派な寺院のような風貌になった。

一九七八年のある日、

『源氏物語』の髪の描写を全部拾って、レポートして。出家する時に、髪を切るじゃなくて、飾りを落とす、落飾っていう表現があるから、それも」

という電話があり、大学の図書館で『源氏物語事典』と首っ引きになった時期がある。

パソコンがまだ一般には普及してない時代だった。もちろん検索エンジンはなかった。工学部の研究室から、コンピュータに文学のデータを読み込ませたいから協力してほしいと、文学部の研究室に依頼があったばかりで、これを入れれば便利なのではないかと思った。

事典の索引から髪に関するものを書きだし、本文を当たって、一つ一つカードにしていった。髪に関する研究が載っていそうな中古文学に力を入れている大学の文学部の紀要などを探していると、

「君、専攻は源氏じゃないだろう」

と司書が笑った。笑っただけではなく、どうやら教授たちに話したらしく、学科研究室の大きな机で、借り出した資料を広げていると、

「自分のレポートは進んでるの？」

と、近世文学の先生に冷やかされ、

「源氏なら、いつでも聞きにいらっしゃい」

と、中古文学専門の名誉教授にまで言われた。

「守備範囲が広いのはいいけど、自分の専攻にも、それくらい熱心に取り組まないと」

温厚な指導教授は、困ったような顔で言った。

はあちゃんに送ったレポートは使えるものに仕上がっていたようで、東京に出てきた時に、新宿の駅前の、狭い階段を上がった二階の「ひよしや」に連れて行ってくれ、

「これ、アルバイト代ね。女子大の同窓なのよ、ここのマダムの森英恵さん」

はあちゃんは、私には分不相応な、紺地に小花模様のプリントのワンピースと小さな赤いネッカチーフを買ってくれた。


このレポートから私は、瀬戸内寂聴の創作に関わる手伝いを本格的にするようになった。

評伝のための、社会の情勢と登場人物たちの年譜作り。模造紙にでも書きたいくらいに複雑だが、書斎の机で使うのだからと、B４の集計用紙に色分けして作った。

「もう少し大きな字にしてくれないかな。虫眼鏡で見ると疲れるよ」

老眼が進んでいたらしい。二十代に入ったばかりの私は自分が強度の近眼で、眼鏡を外せば小さな字はよく見えるので、その苦労がわからなかった。

古典の現代語訳集めと、研究書の必要箇所の抜粋とまとめ。中には大学の図書館、国立国会図書館でも間に合わないものもあり、在籍していない大学図書館を使わせていただくために、司書

と教授に紹介状を書いてもらって、東京都内のいろいろな大学図書館に通った。古書店通いと同じで、これも楽しかった。

「アルバイト代ね」

アルパカのセーターや、どう使うのかわからないガラス瓶など、海外旅行のお土産を帰国のたびにもらっていた。

一九八一年一月、

「冬休み中に、書庫を整理してちょうだい」

と頼まれて、何日も寂庵に泊まり込んでいた。ある日、ホッカイロとマスクと軍手で装備し、埃とカビにまみれて書庫で格闘している私に、奥の書斎から出てきたはあちゃんが、

「すぐ、風呂に入って、付いて来てちょうだい」

と言う。どこにとも言わないが、さっとシャワーを浴びると、

「これ、去年の夏、中国で買ってきたんだけど、サイズどうかな。着られたら、それ着て」

と、はあちゃんの声がして、脱衣所の籠にコバルトブルーのバルーンパンツと、鉛筆がたくさん並んだプリントのTシャツが置いてあった。それを着て、書斎に行くと、

「着られるじゃない。その上に、これ羽織りなさい」

さっきまで、自分が着ていた黒のカーディガンを、座椅子の背から取り上げた。

「ちょっと大きすぎるのよ、袖が長くって」

確かに、袖を何重にもロールアップしてある。昨夜、晩御飯の里芋の煮物をぼとっと胸のあたりに落としたカーディガンだ。

車に乗り込む私をちらりと見て、

「そのオーバー、まるで道中着ね」

と笑う。ワインレッドのコーデュロイのハーフコートは、裾にスピンドルがあるデザインだ。

「赤いイヤリング、着けなさいよ」

連れて歩くのに、みっともないということらしかった。

「持ってません」

私の返事に、信じられないといった顔で、はあちゃんが言う。

「持ってきてないの」

「いいえ、帰ってもないです」

イヤリングは、竹下通りの露店で、友人とお揃いで買った針金細工のものしかない。

「そういえば、アクセサリーしないわね」

「子ども用のおもちゃはあるけど」

木彫りのペンダントや楽焼のブローチなら持っている。

「大学生でしょ」

「そうですけど」

それを言われるなら、お化粧だってしてない。

「じゃ、イヤリングとちゃんとした服は、伊丹で買おう」

と言う。伊丹って空港のことか。

「どこに行くんですか」

「徳島」

空港のショップでベージュのヘチマ襟セミフレアスカートのスーツを買ってくれたが、下に合わせるインナーも、スーツ用の靴もない。ジーパンで東京を出たから、靴は、厚底のブーツだった。

「あとは自分で揃えてね」

と言うので、徳島に着いてから、初めてのアーケードで買う羽目になった。

買い物の前に、東京に帰る旅費を封筒に入れて財布から出した。帰れなくなると困る。財布は小銭を残して空っぽになり、今度から、はあちゃんと動く時には、もっとたくさん入れてこなければと思った。

寂聴塾の始まりだった。

一回目を終えて、寂庵に戻る車の中で、はあちゃんから頼まれた。

「来月も付いて来てね」

「毎回ですか」

毎月、徳島通いをするのか。

「しばらくは。塾の前の日に寂庵に来て、みんなの作品を見てちょうだい」

「下読み、ですか」

「そう。そのスーツ、春物だから、それ着てね。変な服はやめて」

スーツは麻混の素材のツイードだった。どうやら、はあちゃんが嫌いなのは、「学校の先生のようなスーツ」らしいことがわかってきた。そういえば、前から、かっちりしたグレーや紺のテーラードスーツは、お気に召さなかった。

翌月から、全員から届く作文をざっと点検して、コメントを付けてはあちゃんに渡す、教育実習のような作業が始まった。困ったのは、塾生に向かって、事務的な不備がありすぎるので、ルールを守るようにと壇上で注意するようにと言われた時だった。塾生は、皆、瀬戸内ファンたちだ。親衛隊と言ってもいい。私はいつも、はあちゃんのそばにいるだけで、刺すようなきつい視線を受けているのに、偉そうに上から話すなんてとんでもないと、ひやひやした。

塾生は、学生と勤め人なので、開催は月一回、土曜日の午後だった。金曜の夕方、寂庵に着いて、日曜日に京都から東京に帰る生活が半年続いた。途中から私は同行しなくなったが、徳島での文章塾は、寂聴塾が二期、徳島宿塾が三期、開かれた。

この毎月の往復は、『諧調は偽りなり』『ここ過ぎて』『青鞜』と、大きな評伝小説を三本、同時に連載していた時期だ。エッセイの連載は八本抱えていた。

資料を渡す時に、

「よく、ごちゃごちゃにならないですね」

と言うと、笑いながら、

「だから、作品ごとに書く部屋を替えてるのよ」

実際に、寂庵の三つの部屋の三つの机で評伝を分けて書いていた。頭の中の部屋も替えていたのだろう。エッセイは、飛行機の中でも、空港の搭乗ロビーでも書いていた。案内のアナウンスや、大勢の話声、そんな騒音は、まったく耳に入っていないような集中力だった。書斎で書いている時には、入ったことがないから、書く姿を初めて見た。

そのようにして、徐々に、そばにいなくてもできる下調べと資料作りが私の担当になった。執筆や講演依頼の、原稿やゲラの受け渡し、スケジュール管理や郵便物の整理、経理などの事務は、寂庵のスタッフが担当していた。寂庵の事務スタッフは、たびたび入れ替わり、何年かして、記事、インタビューなどの、掲載誌のファイリングとデータ化も、私が担当するようになった。

毎週、我が家に寂庵から届く膨大なコピーと掲載誌は、私の部屋には入りきらず、段ボール箱はリビングに山積みになった。スケジュールが書かれた過去分のカレンダーは太い巻物となり、衣装ケースに収まって届いた。

我が家がどんな様子か見てくるようにと言いつかった、はあちゃんのお気に入りのベテラン編集者は、玄関からリビングに案内すると、呆れて、お茶も飲まずに帰っていった。

実のところ、本来、お茶を飲んでいただく応接のスペースは、段ボール箱に埋まり、その間をすり抜けてダイニングの食卓にたどり着かないと座るところはなかった。

「あれじゃ、生命の危険がありますよ。打ち合わせなんかできませんよ。座る隙間もない」

と報告したという。

「長尾さんのところじゃなくて、近くに、東京事務所を借りてあげなきゃ。テレビだって観られない。あれじゃ、プライベートなお客も呼べないですよ」

と言うその編集者の提案で、我が家の郵便受けの表示に「瀬戸内寂聴東京事務所」と追加し、近所に古いアパートの一階を寂庵名義で借りてもらった。

アパートの掃除をしに行った時に、ちょうど、近くのオフィスの引っ越しで廃棄され、表の道路に出ていたデスクや椅子をもらい受けて、事務用のスペースはセッティングできた。打ち合わせ用の家具は、得度のあとの一週間、はあちゃんとタカちゃんが隠れていた時、両親が寝ていたセットをすべて運んだ。カーペットとカーテンは、我が家が、前の家で使っていたもので間に合った。２ＤＫにエアコンが一つ。前の住人がそのまま置いていったのを使わせてもらった。

寂庵の費用で買ったのは、組み立ての書架だけだった。引っ越しが多い母と私は、組み立て家具の扱いに慣れている。窓以外の壁は、数時間で書架に覆われた。

我が家のリビングは床が見えるようになり、応接セットがなくなって広々とした空間は、資料の整理のカルタ取りには、とても便利なスペースになった。家具や段ボール箱は、台車でゴトゴトと何回も運んだ。

整理作業と保管はボランティアだが、東京にはあちゃんが来て暇がある時に、ステーキやお寿司をおごってもらった。

寂聴源氏誕生　一九九二年

小学五年の時、目白台アパートで円地さんが『源氏物語』現代語訳をしていると聞いた。その時、

「円地さんがお元気なうちは、怖くて手が出せない」

と言っていたはあちゃんが、『源氏物語』をそっと書き始めたのは、「本の窓」連載の『女人源氏物語』だった。

「完結記念バスツアーがあるんだけど、一緒に来て」

大型バス三台を連ねた京都市内と宇治をめぐるツアーに同行した。

京都御所、紫式部の実家址の蘆山寺、六条院のモデルの枳殻邸、平等院、嵯峨野の御堂のモデル清凉寺、野々宮神社、バスを停めて、見学が終わるたび、はあちゃんは自分が乗り込むバスを替えて、どの参加者のグループにも、車内で解説をした。

京都駅で拾ってもらい集合場所に向かう途中で、風呂敷包みを渡されていた。京都市内から宇治に向かう時に、

「それ開けて、左右に一つずつ回してちょうだい」

と言われて、風呂敷を開けたら、平らな箱に小袋に入ったあられや豆菓子が入っていた。言わ

れたとおりに、二つ開けて回し始めるのを見て、

「それは違う！」

と大きな声。

「ありがとうございます」

と受け取りかけた、すぐ後ろの席の参加者が固まってしまった。

「その豆、あたしが食べたい」

小さな子どものような言い方をして、私の手から豆の小袋を取りあげたはあちゃんは、ニコッと笑った。大きな声に何事かと緊張していたバスの中は大笑いの渦になった。

「豆が好きなの。覚えておいて」

ポリポリとかじりながら、隣の席から小さな声で言う。あの得度したての少年僧のような姿を思い出した。あの日から十五年が過ぎていた。

初夏の暑い日だったから、体調を崩す参加者が出て、大勢のツアーを率いる大変さを経験した。

はあちゃんは、この連載中に、『源氏物語』関連で、『わたしの源氏物語』『源氏に愛された女たち』の連載もし、その他に九本の連載もこなしていた。

一九九二年十二月に刊行された『少年少女古典文学館　源氏物語』（上・下）は、東京の枝川（江東区）に缶詰になり、書き下ろした。

ベランダ越しに見える、産業廃棄物を運搬する平底の船が行き交う運河を、宇治川に見立てて、

「宇治十帖は、学者が言うように、紫式部の娘が書いたんじゃないと思う。出家したから書けたのよ、きっと。宇治に住んで書いたのね」

と言うのは、さすがに小説家だと思った。運河は宇治川とは似ても似つかないし、サラリーマンのファミリータイプの、運河に向かい防波堤のように聳え立つマンションでは、千年の昔、都から山越えした宇治で紫式部が出家遁世して物語を書く庵を想像することは難しかった。

母が、洗濯やら掃除やらで枝川の部屋に呼ばれて通っていた。

「食器を洗ってたらね、はあちゃんが『ファクスが壊れたっ！』って叫んで、どこからかねじ回しを出して、ファクスのねじを外し始めたから、慌てて、外した順番に、机にねじを置いてったの。原因はわからなかったけど、ばらばらにして、組み立てたら、ちゃんと動いた」

何をするのかとびっくりしたと帰ってきた母が笑ったが、機械にはまったく不得手な二人は、別の珍事も起こした。

「エアコンのリモコンが動かなくなったのよ。うちのも寂庵もリモコンがないでしょ。使い方も

よくわからなかったから、また、ばらばらに分解しようとするはあちゃんを止めて、一緒に日本橋髙島屋の家電売り場に持ってってたの。

そしたら、店員さんが、ぱかっと裏を開けて、乾電池を入れ替えたのね。これで大丈夫ですって。そしたら、はあちゃんが『あんたって天才！』って、言うの。恥ずかしかった」


リモコンが動かなければ、まず電池切れと考えるのだが、当時は、我が家も寂庵も据え置き型のエアコンで、リモコンはなかった。

一九九二年頃は、まだデパートに家電売り場があり、日本橋髙島屋などでは、そこで購入した製品でない商品のアフターケアも快くしてくれていた。

こんな騒動の中で書かれた『少年少女古典文学館　源氏物語』は、軽装版になり、さらに「青い鳥文庫」に収まった。


この頃、はあちゃんの中で『源氏物語』全巻現代語訳の構想が定まり、

「長いことになるけど、手伝って」

と頼まれた。手伝えと言われても、どういう作業になるのか、皆目見当がつかない。はあちゃんが、ぼそっと言う。

「円地さんには、専任の編集者と学者が何人もつきっきりだった」

その〝チーム円地〟が、詰めていたのが、あの目白台アパートだったのか。

「新潮社は、そんなチームを作ったのに、今回の出版社は学者さんをつけてくれないんですか」

ふっと笑って、はあちゃんが、真正面から私を見た。

「版元が決まっていない」

「え、『源氏物語』全巻の現代語訳を、持ち込みで出版するんですか」

刊行できるかどうかわからないのに、全巻を現代語訳すると言う。しかも、学者がいない。

「そんな。私、『源氏物語』は専門じゃないですよ」

日本の古典は古典でも、私の専攻は、『万葉集』だ。

「あんたが訳すんじゃないから、私の訳したのを見てくれればいい」

見ると言っても、出版するのだから、校閲しなければならない。

「そりゃそうですけど」

こんな無謀なことは、おいそれとは引き受けられない。

「手伝ってよ」

断られるとは、露ほども思っていない、軽い調子のはあちゃんに、きちんと伝えなければと思った。

「無理だと思うけど」

私の、やんわりとした断り方は通じなかった。

「古典全集や他の現代語訳と比べて見てくれればいいから」

あんまり真剣なので、つい釣り込まれてしまった。

「底本は何でいくんですか」

「青表紙本がいいと思うんだけど」

『女人源氏物語』執筆の頃から、資料は集めていたから、研究書も読み込んでいたらしい。

「青表紙本ですね、河内本じゃなくて」

「そう思わない？」

「普及版ですよね、いまは」

「でしょ」


枝川での缶詰が終わり、京都に戻ってから、しばらくすると、

「講談社から出すことになった」

と電話があった。版元が決まったのならば、専門の校閲者も付くし、講談社なら学者の手配もするだろう。原稿を編集者に渡せばいいだけではないのか。

「私は何をすればいいんですか」

と尋ねると、

「原稿をファクスで送るから見て」

五十四帖すべてを、そのやり方で訳そうと言うのか、

「見て、比べて、疑問点をそれに書き込んで送り返せばいいんですね」

具体的な指示通りにしなければ、あとでトラブルになると思った。ところが、はあちゃんの返事は思いがけなかった。

「それが、講談社がフロッピーで原稿を下さいっていうんだけど、フロッピーってわかる？」

「わかります。じゃ、入力して、印刷したのは寂庵に、フロッピーは講談社に届ければいいんですね」

「活字にしないと駄目なんだって」

フロッピーがどうにもわからないらしい。

「デジタルってことですよね」

「そうそう、そんなこと言ってた」

「あの、いつも送っているレポート。あれ、活字で印刷してるんじゃないんです。ワープロで打って、そこからプリントアウトしているんです。仕上がった原稿を記憶させる媒体をフロッ

ピーって言うんです。プラスチックの板みたいなもの」

「なんだかわからないけど、そうしてちょうだい」

これは、大変なことに巻き込まれてしまったと後悔した。

一九九〇年代初頭は、フロッピーディスクの大きさが8インチから3・5インチに変わった頃で、デジタル送信方法は、PP通信システムしかなかった。それも通信社や広告代理店など、先端技術をいち早く取り入れた企業しか使っておらず、出版業界ではフロッピーにデータを落とし込んでやりとりをしていた。

『源氏物語』の執筆に本腰を入れたのは、一九九二年の十二月だった。

「『宇治十帖』は出家した紫式部が書いた」

と、枝川で言っていたが、その前の四十四帖の部分の寂聴現代語訳の端々にも、かすかに仏教の匂いがする。

「『源氏物語』の仏教は、天台宗でしょ。比叡山の法要の作法は千年前と変わっていないんですって」

自身が比叡山で経験した護摩などの法要、声明などを、どんな参考書や研究文献より在り難いものと言っていた。

「だって、自分で直に聞いて、見たんだから。いままで源氏を訳した人に、これをした人はいない」

と、大きな自信を得ていた。特に、横川の僧都による浮舟の得度の場面は、まったく自身の得度と同じだと。

「あの時は知らなかったけど、上高野ね、横川の僧都のモデルの源信にゆかりのある所なんだって」

「何か縁があるんですね」


それから、毎夜のように、ファクスで数枚の原稿が送信されてきた。

入力は、原稿の字面通りではなかった。「あたしの訳したのを見てくれればいい」という作業があった。段ボール箱が一掃されたリビングにデスクを二列に並べ、後ろで母が音読する原稿を、私が入力した。

「『源氏物語』は黙読する書物ではなくて、声のいい女房が読んで、天皇や女御、他の女房たちみんなで聞いて楽しんだ文学だから、朗読でわかる現代語訳にする」

というはあちゃんの方針だったから、句読点、字面ではわかるが音だけでは意味がわかりにくいところなどは、プリントアウトに書き込んだ。岩波書店、新潮社、小学館の『源氏物語』、複数の『源氏物語事典』、諸説あってややこしい部分は研究書でもチェックをして、疑問点も書き込んだ。似た言葉遣いになってはいけないと思い、谷崎訳、円地訳も見るようにした。

三人が言い合いになることも、初めはよくあった。

「これじゃ、訳したことになりません」

と私が指摘してファクスを送ると、はあちゃんから、不機嫌な声で、

「なんで？」

と電話があり、母も一緒になって、

「ちゃんと、訳せてるよ」

と言う。

二人は、戦前の徳島育ちだ。徳島の口語には、平安時代の言葉と発音が残っている。当然、戦前生まれの二人の使う言葉には古語が生きている。単語だけでなく、言い回しや、母音子音の発音も、現在の、特に共通語とは、かなり異なる。たとえば、「よう話されませんでした」の「よう」、これは訳したことにならないと思った。

「〇〇しいまわり」は、「〇〇しながら」としないと、一般にはわからない。

このように、一枚の原稿が仕上がるまで、六回はファクスで往復した。

しかし、雇用契約があるわけではなく、あくまでもお手伝いだった。こちらには生活をしていくための仕事があり、日常の生活がある。当時の私は、雑誌などの速記、パソコンのソフト関係のライター、編集などを生業としていた。

速記の現場から帰宅した私に母が言った。

「はあちゃんからね、『二時間くらい前に送ったんだけど、届いてる?』って、さっき電話があった。ファクスは届いてるけど、玲子は仕事で、いま、いないって返事したら、すごく機嫌の悪い声で、『別に急がないけど、帰ったら、すぐにしてね』だって」

私の作業の優先順位は、まず、締め切りのあるビジネスだ。速記の文字起こしを済ませて、源氏に取り掛かる。深夜にファクスを送るや否や、

「もっと早くできないの」

と、かなりお怒りの電話を受けた。

「申し訳ないけれど、生活があるので、私のビジネス優先にさせてもらっています。源氏は面白いけれど、お手伝いなので」

と、思い切って言った。学生の頃のように、スーツやワンピースを買ってくれたり、たまに御馳走を一緒にいただくだけでは困る。

「手弁当で手伝わせてくださいって、喜ぶ人がたくさんいるのに、そんなこと言うのは、あんた

だけよ」

はあちゃんはカンカンに怒っている。でも、そうですか、というわけにはいかない。これだけの作業をすると、他の仕事は半減するだろう。生活費が捻出できない。

「ごめんなさい。でも、私はそれでは困るから、その方たちに手伝ってもらってください。今日の分は、もう少しお待ちください」

日付が変わって、ファクスを送信した。

別の日には深夜、ゴトゴトと音がして、ファクスから、ロール紙が切られずに、廊下に白い洪水のように原稿が延々と流れていた。当時の家庭用ファクスの用紙は感熱紙のロールで、送信側の送り方次第では、カットされずに長々と受信してしまうことがよくあった。原稿用紙の幅にはさみで切って、母に読んでもらった。

「桐壺」が終わった時、講談社から、

「一巻分ができ上がったら、フロッピーと一緒に、請求書をください」

と、四百字当たりいくらという金額が提示された。その金額は、速記事務所などで、四百字を単純に入力する最安値だった。

「これからは、入力だけでいいということですね」

「入力してるだけではないんですか」

「違います。いろいろ調べて、何往復もしているんですが」

「こちらで、二人、学者をお願いしました」

「わかりました、これからは原稿をそのまま入力します」

数時間後、また、電話があった。

「原稿通りの入力ではなく、いままでのようにしてください」

「先ほどのご提示の金額では、時給換算でも、その作業はできませんので、どなたか、お探しください」

金額交渉は、作業に見合った金額で落ち着き、五年間の、『源氏物語』との格闘が始まった。

はあちゃんは、『『源氏物語』を書くために」と、渡月橋の少し下流、桂川に架かる松尾橋のたもとに部屋を用意した。東京事務所を作るようにと提案した編集者が、早速見に行って言うには、

「瀬戸内さんって、少女趣味だったんだねえ。ベッドカバーは花柄だし、廊下の壁にはミュシャのカレンダーが貼ってあるし、伯爵夫人の椅子って言ってるイタリア製のかわいらしい小さなソファが、白いシャギーのラグに載ってるし」

イメージが寂庵と全然違う。

「『源氏物語』用の部屋なんですよねえ、あそこ」

「そう聞いてますけど」

「まあ、行ってごらんなさい。驚くから」

嵐山の部屋と、はあちゃんが呼ぶその部屋のリビングは、編集者が言うように、『源氏物語』用というよりは、夢見る少女小説用という感じのかわいらしいインテリアだった。ガラスの飾り棚には切り子の香水入れなど、華奢なガラス細工がたくさん飾られていた。好きだと言っていたアールヌーボーのスタンドもあった。掃き出しの大きな窓には、ワインレッドの別珍のカーテンが掛かっていた。

しかし、書斎には、両側の壁一面に『源氏物語』関連の本がびっしり並び、装飾は何もない。窓からは、桂川が眼下に、川向こうには嵐山が見えた。本郷の書斎にも、飾りは一切なかった。花がとても好きなのに、書斎に花があるのを見たことがない。窓から山が見えるのは本郷と同じだった。

ここに籠もって仕事をすれば、来客も電話もない。食事は寂庵から台所方が心を込めて作った美しい松花堂弁当が運ばれた。

はあちゃんは寂庵には、散歩がてら徒歩で帰る。例の千日回峰の呼吸法で一時間ほどだ。ある時、気分転換だったのだろうか、

「かわいいものを見つけた」

と、途中の金物屋さんで、小さな珐瑯の水色のミルクパンをいくつも買い込んで、編集者たちに送っていた。母にも一つ送られてきた。

現代語訳は、嵐山の部屋からだけでなく、八甲田山の南側、谷地温泉でも行われた。

「温泉に避暑に行く」

と籠もった八甲田山の南側、谷地温泉でも行われた。

どういうわけか、工夫を重ねて五行詩にした歌の訳が現代風な演歌のようで、直しで真っ赤になってしまった。雅な貴族の言葉とは思えない。谷地温泉で、若い女の子たちとでも意気投合したのだろうか。

刊行は始まっており、第七巻の刊行を遅らせられないと、担当の編集者は十分に直し切らないまま入稿し、この巻は軽装版、文庫化された時に大幅に修正が入った。

谷地温泉は、原則、農閑期の湯治場なので、部屋は狭く押し入れや床の間はない。はあちゃんが泊まっていた部屋は、新しく造られた渡り廊下でつながった離れのひと部屋だった。全巻刊行後、この部屋は「源氏の間」と名付けられた。

温泉は源泉が浴槽の下から直接湧き出ている。ただし、混浴なので入るにはかなり勇気がいる。はあちゃんが入っている時は、あとから入ってくる男性方が遠慮して、はあちゃんを見ないようにしてくれたという。天然の岩の間からほとばしる打たせ湯もあり、執筆疲れが癒やされ気分転換になったのだろう。

一九九八年四月二日から、全巻完結記念として、日本橋髙島屋を皮切りに、全国のデパートでの記念展覧会と講演会のツアーが始まった。はあちゃんは、全会場のオープニングのテープカットをし、マスコミ向けの内覧会に続き、初日のお客様を入り口でお迎えし、案内して説明した。展覧会の初日の午後には、『源氏物語』の講演会があった。

寂庵からは、展示会のために、はあちゃん手作りの土仏、水彩画、木彫仏をはじめ、壁に飾った絵、客間の屛風、浄瑠璃人形などが、ごっそり運び出された。会場の入り口には、実物大の寂庵の門が建てられた。

展覧会を伴わない『源氏物語』の講演は、ハワイ（ハワイ大学）、ロサンゼルス、パリ、ロンドン、シカゴ（シカゴ大学）、ニューヨーク（コロンビア大学）でも開催された。『源氏物語』の海外講演で唯一、私が同行したハワイ大学での講演では、看板や横断幕が間に合っていないことが前日の昼食後にわかり、ホテルで分けてもらったシーツから手縫いで横断幕を作った。

ハワイ大学の担当者から、前日に、こう言われた。

「事前に講演原稿をください。通訳に渡すので」

「講演の原稿は書きません。どうしましょうか」

講会場で、客席の反応を見ながら話すのが、はあちゃんの講演だ。

「では、こうしてください。同時通訳が付くので、適当なところで短めに区切って話してほしいと伝えてください」

言われたことを伝えると、顔をしかめて、

「わかった。やりにくいねえ」

当日は、いつものようにステージ袖で待機していたが、始めてから十分も経つと、興が乗って切れ目なく早口で話している。通訳の方が、合図を送ってほしいというので、会場の後方、ステージの正面の壁掛け時計の下に立って、時計を指さした。演台から私を認めたはあちゃんは、私に手を振りながら、

「はーい。うちの秘書が後ろで、手を振ってくれてるの。大丈夫よー」

応援をしているのではない。見てほしいのは時計だ。時計を指してぴょんと跳んだ。

「あの子、海外旅行が初めてだから、喜んで跳び上がってる」

そうではない。

「怖い顔してる。えーと、わかった。べらべらしゃべっちゃいけないって言われてた。同時通訳が入るからって。ごめんごめん」

謝る相手は私ではない。

同時通訳が入るから、と事前に言われていても、話を途中で区切るのは苦手なようで、同じことが、その後、国際交流基金主催のイタリアでの講演会でもあった。イタリアの通訳者はあきらめてしまい、テープを起こしてほしいと言われて、私が文字化し、隣で、通訳者がそれをイタリア語に翻訳し、翌日、参加者に配った。

戯曲への挑戦　二〇〇〇年

『源氏物語』の現代語訳は、講談社のカルチャースクール「源氏大学」、銀座・博品館朗読、新作能、新作歌舞伎の原作と世界を広げた。

一九九九年二月初演の、銀座・博品館劇場での「寂聴源氏」朗読公演は四年続き、二〇〇一年と翌年は、新神戸オリエンタル劇場公演もあった。詠み手には、俳優、アナウンサー、朗読家、漫画家など総勢三十三名を迎え、演出は竹邑類氏、のちに久世光彦氏が担当し、総公演数は七十二回。この連続朗読公演は朗読のブームを牽引し、二〇〇一年十二月には特定非営利活動法人日本朗読文化協会が設立された。

二〇〇〇年三月、国立能楽堂委嘱新作能「夢浮橋」。梅若晋矢さんの浮舟が得度する場面では、天台声明の名手、実光院の天納久和さんの声明が、国立能楽堂に響き渡った。

二〇〇〇年五月、歌舞伎座團菊祭での「源氏物語」は、寂聴源氏をベースに大藪郁子氏の脚本だったが、翌二〇〇一年五月の團菊祭では「源氏物語」の「須磨・明石・京」の台本を自ら書き下ろした。演出は戌井市郎氏。初演前日のゲネプロ、つまり最後の通し稽古に行くと、十二代目市川團十郎さんが桐壺帝の衣装のままで客席から、

「戌井先生、ここは一条大蔵卿で、どうでしょう」

とか、

「照明さん、青の4番をお願いします」

などと注文を付けていた。それは、必ず、七代目市川新之助さんの光源氏が、客席から、より美しく見えるような演出の変更だった。戌井さんは、

「結構ですね。いいですね」

とニコニコしていらっしゃった。稽古は、朝方まで続いた。

初日、松竹会長の永山武臣さんが、歌舞伎座の一階中央の前から八列目くらいに座っていらした。明石の君の子別れの場、九代目中村福助さんの明石の君が泣きながら、光の君に抱かれて花道を去ってゆく幼い姫を見送る。姫が、

「おかあちゃまあ」

と叫ぶと、永山さんの頭がしきりに動く。よく見れば、ハンカチであふれる涙を拭いている。周りでも男性の観客のほとんどが、目頭をハンカチで押さえ、鼻をすすっている。休憩時間の廊下では、

「身につまされるなあ」

と鼻先を赤くした年配の男性たちがいた。

「大成功！」

はあちゃんはご満悦だった。

この新作歌舞伎「源氏物語─須磨・明石・京」は第三十回大谷竹次郎賞を二〇〇一年一月に受賞した。

二〇〇四年九月には、名古屋・御園座の「源氏物語　藤壷の巻　葵・六条御息所の巻　朧月夜の巻」の台本を書き下ろした。五代目坂東玉三郎さんの藤壷の出家のシーンは、まばゆい光の中

を逆光で消えてゆく姿が厳かで幽玄な美しさで、客席が静まり返った。光の君の新之助は五月に十一代目海老蔵を襲名し、その襲名披露でもあった。

博品館の朗読とは一味違う、鴨下信一氏演出で白石加代子さんの朗読一人芝居、瀬戸内寂聴「源氏物語　その第二夜　須磨・明石」が二〇〇二年六月に池袋・サンシャイン劇場で公演された。白石さんは六条御息所が、物の怪になる時に、血赤(ちあか)を吐き、それがまがまがしくはなく、嫉妬に狂ったあまり生霊となってしまった自分に、護摩の匂いで気付いた悲しさと、光の君への深い情愛がほとばしり出るさまを演じ、圧巻だった。ゲネプロの鴨下さんのデスクには、付箋で広がってしまった『女人源氏物語』と「寂聴源氏」が、全巻ずらりと並んでいた。白石さんは、若い頃にテレビ番組で言った冗談、

「実は瀬戸内さんの隠し子なんです」

が独り歩きして、かなり長い間、業界では信じられていたと笑っていたが、はあちゃんも、劇場のポスターを見て、言っていた。

「ね、似てるでしょ。母子って信じる人がいるはずよ」

二〇〇五年にフジテレビがドラマ「女の一代記」シリーズ第一夜「瀬戸内寂聴」のキャスティングで、

「どなたか、この人がいいと特別な方はいらっしゃいますか」

と尋ねられた時、迷わず、

「白石加代子さん」

と勢い込んで推したが、プロデューサーは、本当に申し訳なさそうに、

「よく似ていらっしゃいますから、お願いしたいのはやまやまですが、申し訳ありません。舞台ならですが、テレビで二十代から演じていただくので、こちらとしては三十代の方でと思っています」

と言われて、がっかりした様子だった。


「寂聴源氏」は、二〇〇八年の「源氏物語千年紀」に向けて、一大ブームを巻き起こした。宇治市には、「寂聴源氏」完結の年、一九九八年に、源氏物語ミュージアムが開館した。この開館イベントも「寂聴源氏」だった。千年紀のイベントがらみの全国での講演の回数は五年間で百八回になった。

「源氏物語千年紀」とは、『紫式部日記』の寛弘五年十一月一日（西暦一〇〇八年十一月一日）に「若紫」や「源氏」などの記述があることから、二〇〇八年、主に京都府で開催されたイベン

ト。二〇〇九年に終了し、十一月一日は国の制定する記念日「古典の日」となった。

晴美と寂聴

はあちゃんは、得度後も、小説の発表と刊行は「晴美」名義で続けていたが、エッセイと小説でも仏教色のある作品は「寂聴」で発表され刊行された。すべての作品を「寂聴」名義にしたのは、得度して約二十年後だった。

メディアで紹介されるプロフィルが「瀬戸内寂聴、本名晴美」とされることがあるが、戸籍名は寂聴なので、実は本名は寂聴であり、晴美は旧名なのだ。

それでも、作品の性質で筆名を使い分けていたが、

「これから、何でも、寂聴だけにする」

と、毅然とした顔で言った時から、原稿の一枚目には、必ず、「寂聴」と署名するようになった。

最後に「瀬戸内晴美」の名前が著者としてあるのは『わが生と性』（新潮社一九九〇年八月二十五日刊）だ。

駅や講演先で、見知らぬ人から親しげに声をかけられるのは、必ず、

「寂聴さん」

であり、書店でのサイン会や講演会のあとで、

「晴美さんって、お母さんですよね、寂聴さんの。昔、そういう名前の作家がいましたが」

と言われることが多くなった。

連載も、刊行される本も、法話集、お経の法語集、人生相談など僧侶として書いたものが、小説より多くなっていた。対談をしても、対談の内容は小説家とではなく僧侶としての話題になり、対談の相手も以前とは変わっていった。仏教とは関係のない文芸小説も、使われる言葉や、登場人物の背景が徐々に仏教的になってきていた。得度前に真剣に語っていた、小説を書き続けるためのバックボーンが、仏教に帰依したことにより二十年の歳月をかけて、しっかりとできたのだろうか。

一遍、良寛、西行と、出離者の評伝を書いたことも影響した。一九八九年六月から「中央公論」に『花に問え』、九〇年一月から「新潮」に『手毬』、九〇年二月から「群像」に『白道』の連載を始めた。三作は、同時連載の期間もあった。膨大な資料と、三人の歩いた場所の土を踏み、見たであろう景色をその場所で経験するという行動を何回も繰り返し、成人してから突如出家した三人の出家の理由を、懸命に考えていた。

一遍は、最も親しみがあったようだった。中辺路には幾度も足を運び、杉の深い木立に囲まれ

た一遍が歩いた時と変わらないであろう土の、熊野古道を錫杖を携え笠をかぶって歩いた。

良寛の生地である出雲崎、四十歳の頃からおよそ二十年過ごした五合庵も訪れた。良寛にはファンが未だに多く、その中には飲まれないように、距離を置いていたように思う。

手毬が鳴るように、繭を割った中に小さな鈴を入れて毬に入れるというアイデアを、一九九七年十一月に文化功労者に選ばれた際のお茶会の席で、当時の皇后であった美智子様が「寂聴さんの創作ですね」とおっしゃったことを、はあちゃんは嬉しそうに話していた。

西行の足跡も丹念に辿っていた。他の二作は小説仕立てだが、『白道』は評伝になっている。連載終了から単行本刊行までに五年を費やした。

この間、一九九一年一月に湾岸戦争が勃発し、はあちゃんは四月にはバグダッドにカロリーメイトや医薬品を持参した。八月には五月の雲仙普賢岳火砕流被災者にカンパを現地で届けた。ゲラの修正も最終にかかった一九九五年一月、阪神淡路大震災が起きた。直後に被災地へ出向き、後日、寂庵で開催したバザーの収益金を京都新聞経由で被災者に届けた。

北面の武士だった西行が平家の滅亡を見たように、現実の戦争に遭遇し、平安な庶民の日常が天災で壊される惨状を目の当たりにし、被災者の声を直接聞いたことは、『白道』のゲラに大幅な修正と加筆が行われるきっかけとなった。

この仏教三部作の完成は、三人の有縁の男たちの死去と重なった。

『手毬』の連載が終わり、ゲラを直していた一九九一年一月、家を出る原因であった、『夏の終り』の涼太が逝った。

『白道』の連載が終わり、ゲラに加筆推敲を重ねていた一九九二年二月、元夫が逝った。

そして『花に問え』の連載中の、一九九二年五月、井上光晴が逝った。

仕上げの時期に、かつて愛した三人の男たちの死を見つめた渾身の出家三部作は、一九六三年の『夏の終り』女流文学賞の受賞以来縁のなかった文学賞を、はあちゃんにもたらした。

一九九二年一〇月『花に問え』で谷崎潤一郎賞受賞。推敲と加筆の連載から書籍化までに五年を費やした『白道』で第四十六回芸術選奨文部大臣賞を一九九六年三月に受賞した。

『手毬』は文学賞の受賞こそなかったが、三部作の中で唯一、映像化された。貞永方久監督、九代目松本幸四郎の良寛、鈴木京香の貞心で、映画『良寛』が一九九七年七月十九日公開。幸四郎さんは十キロ減量し、良寛になり切った。

三部作を書き終えて、はあちゃんが、ふっとため息をついた時があった。

「結局、三人とも、なぜ出家したのかは、わからなかった」

と。一遍も良寛も西行も、当時としてはゆとりのある生活をしており、地位も名誉もあった。しかし、ある日、突如として、その立場を捨てて出家している。それがなぜなのかを知るために、この三部作を書くことに決めたと言っていた。

「小説を書くためのバックボーンが欲しかったのはそうなんだけど、自分が、本当のところ、なんで出家したのかが、わからない」

何度か出家の理由を尋ねたが、答えはいつもこうだった。

『白道』での芸術選奨文部大臣賞を受賞した記念に、山形の男山酒造で造ったオリジナルブレンド「白道」を、二人で呑んでいたある夜、

「成功している人が、全部捨てて、突然、出家する理由を考えたんだけど」

「わかったんですか？」

それはすごい。

「引っ張られてる感じってわかる？」

「なんとなく」

と言うが、はあちゃんは確信を持ったような目をしていた。

「一遍も、良寛も、西行も、なんで出家したのかわからなかったけど、一つ、この頃になって思い当たることがあるのね」

「なんですか？」

つるつるの頭を撫でて、はあちゃんが左手で額を叩いた。

「仏様に、前髪をぎゅっとつかまれて引っ張られたって」

「それ、仏縁？」

返事は意外な言い回しだった。

「うーん、何かわからない宇宙を司る大いなる力に引っ張られてって感じ」

「わからないなあ」

「わからないかなあ。あたしと、こんなに長いこと一緒にいるのに」

はあちゃんは、さらに意外なことを言う。

「わかったら、私も出家しなくちゃならない」

「そうね、わかったら、言って。あんたも出家しなさいよ」

「まだ、全然引っ張られてません」

はあちゃんはからからと笑ったが、ほんの少し残念そうだった。

念願の個人全集刊行　二〇〇一年

『源氏物語』ブームの真っ最中に、新潮社から『瀬戸内寂聴全集』全二十巻が出ることになった。

「各巻の解説はどなたにお願いしましょうか」

という編集者の相談に、はあちゃんの答えは、

「解説って頼まれた方も、忙しくて気の毒だから、自分で書くわ」

だった。「私解説」だ。第一巻の刊行は二〇〇一年一月。

同じ十一月、もともとは全集の解説のつもりで書き始めたが、独立した作品となった『場所』が第五十四回野間文芸賞を受賞した。父母の生まれた場所、自身が住んだ場所を再訪して「新潮」に連載していたものだ。不思議なことがあった。ほとんどの場所が当時の姿で残っていたが、訪れた直後、次々と建て替えられていった。既に、昔の姿がなかった場所には、ゆかりの人が住まわれていて話ができた。

「まるで、待っていてくれたみたい」

オカルトや霊視などを信じないはあちゃんが、今度ばかりは、何かを感じたと言った。

「土地の記憶って、あたし、よく言うでしょ。土地が待っていてくれたから書ける」

広がる創作のジャンル

『源氏物語』現代語訳から、はあちゃんの文芸の創作の世界は、歌舞伎、能、狂言、浄瑠璃、オペラ、作詞、ケータイ小説へと一気に広がった。

家出が文学へのスプリングボードだったなら、出家は己が文学を確たるものとするスプリング

ボード、『源氏物語』現代語訳は文芸の世界での捜索の範囲を広げるスプリングボードだった。それぞれのスプリングボードでの踏切は、そこまでに築いた安穏な生活を壊す痛みを必ず伴っていた。

二十六歳の時の家出は平安な家庭を壊し、家族を捨てた。五十一歳の時の出家は自らの形を毀し、愛欲の生活を断った。七十歳の時の『源氏物語』現代語訳は、慣れた小説の技法からの脱皮と言えるだろう。

「小説の技術はね、うまく書けるコツを覚えているのよ。でも、脚本は、演じ手がいるでしょ。それを考えるのが新しくって楽しい」

二〇〇三年十二月に二作目の新作能「虵」がシテ、五十六世梅若六郎で初演された。

天台宗開宗千二百年記念新作狂言「居眠り大黒」は、二〇〇五年十月、比叡山延暦寺で茂山家によって上演された。二作目「木賊」は二〇〇七年四月に信州・阿智村園原で初演された。

同郷徳島出身の作曲家三木稔さんから、奈良時代を題材にしたオペラの脚本の依頼があり、阿倍仲麻呂を主人公としたオペラ「愛怨」が二〇〇六年二月、新国立劇場で初演された。

二〇〇五年は演歌「風まかせ」（作曲・弦哲也）を作詞。ところが、歌い手の中村美津子さんは、この年だけＮＨＫ紅白歌合戦に出場しなかった。

「あたしの詞がまずかったかな。でも、作詞の条件が演歌じゃないよねえ。北、酒場、別れ、港、涙、酒、舟、女を捨てる男、捨てられる女は駄目だって言うんだから」

二〇〇六年、ＮＨＫ合唱コンクールの課題曲「ある真夜中に」を作詞。

二〇〇七年の第二十二回国民文化祭徳島開会式のため、人形浄瑠璃『義経街道娘恋鏡』と混声合唱曲「しあわせ」（作詞）を作った。

はあちゃんは好奇心の塊だった。携帯電話のメールは、始めたら他のことはそっちのけでメールばかりするのが目に見えていたから、スタッフの誰も教えなかった。

「いいですよ、独学でできるようになってやる」

マニュアルと首っ引きで使いこなせるようになり、八十六歳のケータイ小説家ぱーぷるが誕生した。

手元不如意

現代語訳は書き下ろしなので、印税が入るまで収入がない。はあちゃんは現代語訳をしていた間は、執筆時間が細切れになるからと、講演を極力しなかった。現代語訳に、とりかかった翌々年、還付金のお知らせを見てぼそっとつぶやいた。

「税金を納め過ぎって返ってきた。喜んでいいのか、心配しなきゃいけないのかわからんよ」

現代語訳が終わって、

「寂庵のスタッフにお給料を払わなきゃ」

と冗談のように言い、先の日程でもよいと言ってくれていた講演から、順にスケジューリングして活動を再開した。

はあちゃんは七十五歳になっていた。移動は、京都駅や伊丹空港と寂庵の往復以外は一人旅だった。健康上は何の不自由もなく元気だったが、講演の主催者が、

「どなたか随行してください」

と、心配した。

これには、思い当たる、あるハプニングがあった。

「迎えが来てないの」

はあちゃんから不安そうな電話があったのは、その日の講演先が用意したチケットの到着時刻より数十分遅い時刻だった。

「どこにいらっしゃいますか」

私は駅名を訊いたつもりだったのだが、答えは、

「新幹線のホーム」

それはそうだ。新幹線を降りたのだから。

「その公衆電話の前」

「他には何が見えてます？」

「壁」

突拍子もない答えのようだけれど、あまり驚かなかったのは、その数日前に、東京駅にいる母から同じような電話があったからだった。

「待ち合わせ場所の銀の鈴に行かなきゃならないんだけど、どこだっけ」

「うーん、いま、何が見える？」

「緑の公衆電話」

「じゃ、左右を見てみて？」

「おんなじ電話機がたくさん並んでる」

「それから」

「壁」

はて、東京駅構内のどこの電話機だろう。携帯電話がなく、駅にはたくさんの公衆電話があった頃だ。その時母にしたのと、同じ返事をはあちゃんにした。

「駅員さんは？」

駅員さんを頼るのが一番間違いがない。

「いる」

「じゃ、切符を見せて、ここで迎えの人が待っているんですが、と言ってください」

「わかった」

笑い話のようだけれど、新幹線の中で原稿を書いていて、降りる駅を間違えたに違いない。乗り馴れた東海道新幹線だったが、普段のひかりやのぞみではなく、各駅停車のこだまだったから。それは、母が、工事中だったために、いつも出るのではない改札口を出てしまって、わからなくなったのと同じだと思った。断じて二人とも認知機能が低下していたのではない。

きっと、この話が、広まって、「誰か、お付きに付いてきてもらおう」ということになったのだと思う。

それから、すべての「源氏物語現代語訳完結記念　瀬戸内寂聴展覧会」とほとんどの講演会に、同行するようになり、私の名刺には〝瀬戸内寂聴秘書〟と印刷され、毎月、決まった額のギャラが振り込まれるようになった。初任給は資料探しを手伝い始めてから二十年目だった。

寂庵やプライベートではなく、公の場に同行するようになり困ったのは、はあちゃんの呼び方だった。

「先生って言いましょうか」

と、編集者が呼ぶのと同じにしようと思ったら、

「あのね、その人がいない所でも、先生って呼ぶ人にだけ、先生って言うのよ。あんた、自分ち

で話す時、あたしのこと、先生なんて言わないでしょ」

「ええ。じゃあ、なんて」

「うーん、寂庵の主だから、庵主にしよう」

「庵主さま」

「そう呼んで」

書くことだけではなく

はあちゃんこと、瀬戸内寂聴は、徹夜も多く、いつも新しい小説の書き始めは何度も書き直し、頭をぐるぐる撫でながら、「小説の書き方、忘れた」と絞り出すようになり声をあげていた。執筆ではストイックな生活をし、晩年はテレビで派手な私生活が放映されていたが、実は、長年、無償で社会に貢献し続けていた面もあった。

小説家として長く活躍したが、デビューの頃の三賞受賞以来、文学賞には縁がなかったはあちゃんが、七十歳から功績が認められ谷崎潤一郎賞、芸術選奨文部大臣賞、野間文芸賞と受賞が続いた。また、文化功労者に選ばれた。

八十四歳を迎えた二〇〇六年には、イタリアの国際ノニーノ賞を受賞した。ノニーノ賞は民間の賞ではあるが、審査委員長はノーベル文学賞受賞者のサー・ナイポール（Vidiadhar Surajprasad Naipaul）。受賞理由は、「長年の優れた文芸活動と『源氏物語』現代語訳を成し遂げたこと」だった。

ノニーノ賞の主催者は、イタリア北部ウディーネのグラッパ醸造会社ノニーノで、授賞式は広大なブドウ畑に囲まれた醸造所の倉庫で開かれ、ファンファーレはグラッパの醸造タンクの蓋をチロリアンのような民族衣装の従業員たちがリズミカルに開けて奏でるユニークなものだった。

前夜祭のファミリー・パーティーで、バンドに二拍子の曲をリクエストしたはあちゃんが、元気な阿波踊を披露すると、サー・ナイポール夫妻、デザイナーのオッタヴィオ・ミッソーニ（Ottavio Missoni）氏など豪華なゲストの総踊りになった。とても素敵なグレーベージュのセーターを着こなしたミッソーニ氏は、

「日本のショップにも、お召しのようなセーターがあればいいのに」

羨ましそうにセーターを見るはあちゃんに、いたずらっ子のように鼻をクシャッとさせて、

「これはね、スコットランドで買ったんです。セーターはスコットランドが一番」

と返す楽しい紳士だった。

そして、この年、文化勲章を受章した。

「大逆事件や大杉栄のことを書いていて、もらっちゃっていいんですかねえ」

授章式の朝、痛めていた右腕の包帯を巻き直しながら私が言うと、はあちゃんは嬉しそうな笑顔で答えた。

「それでもくれるって言うんだから、あたしのしてきたことの全部を認めたんでしょう」

腕の包帯を法衣の長い袖でうまく隠せるか試しながら、

「それより、この腕で、勲章が、きちんと受け取れるかなあ」

心配そうに言った。

文化勲章は、もちろん、専門の文化活動に功績のあったことを讃えられるものだが、はあちゃんによると、こんなことがささやかれているようだった。

「どんなに優れた作品がたくさんあっても、長年の無償の社会的な貢献と権威のある外国の賞の受賞実績がなければ、最終的には選ばれない」

法話

寂庵には、初めから小さな持仏堂があったが、公開されてはおらず、原則、はあちゃんが独り祈るためにあった。はあちゃんは「文学のバックボーン」のために出家したと言いながら、僧侶として、無私の行いをしなければという気持ちが、年を追って膨らんでいったように見えた。

天台宗にはない托鉢を、嵯峨の臨済宗大本山、妙心寺に頼んで参加させてもらい、寂庵に戻り、脚絆をほどきながら、ため息をついて言った。

「大きな構えの家は、誰も出てこないのよ。打ち水してても、慌てて引っ込んじゃうの。ガラスのヒビを和紙で修繕した小さな家から、質素な身なりのおばあさんが出てきて、お米を一合、頭陀袋に入れてくれた」

流行作家になって久しいはあちゃんは、富裕層とばかり付き合う生活が長く続いていた。

「あたし、背が小さいから、子どもだと思われるらしくって、あたしにだけ五十円くれたの。五十円、きっと、大変な額なんだと思うようなおじいさんがよ」

托鉢は寂庵にも来る。週刊誌やお菓子、お茶を床几に用意して若い僧たちの休憩所を設けるようになった。

「出版社って、給料いいのかしら」

ある日、はあちゃんに唐突に訊かれた。

「大手の出版社やテレビ局は、他の中小企業よりは高給取りですね」

私がそう答えると、

「そんな人たちや、成功している知り合いとしか会わないんじゃや、坊さんとしていけないね。これから、何か坊さんらしいことをしよう。それで、坊さんとしてすることは、全部、無償奉仕でする」

と宣言して、寂庵を公開する日を設けることにした。

寂庵

寂庵は、一人住まい用の設計なので、たくさんの人は入れない。

「人が集まれる道場が要るね。人が集まるところをサンガって言うのよ。サンガを造ろう。あたしがやりたいように何でもできるためには、天台宗のお寺じゃいけないんだって」

はあちゃんは隣の竹林を買い、単立宗教法人の申請をした。

寂庵のすぐ近くに、小さな橋がある。その名が曼荼羅橋。

「あたしのお寺の名前は、曼荼羅山寂庵、道場は嵯峨野僧伽にする」

一九八五年、はあちゃんは単立宗教法人曼荼羅山寂庵の庵主となり、五月十五日には、嵯峨野僧伽が落慶した。寂聴は天台宗の僧侶だが、寂庵は単立宗教法人なので比叡山の末寺ではない。嵯峨野僧伽は冷暖房完備、黄色い絨毯の敷きつめられた二百畳のお堂。ここで毎月、法話、写経、座禅、俳句塾、文章塾を無料で開催することになった。

篤志家が「寂」と書かれた汲み出しを五十個寄付してくれ、お堂の前の四阿（あずまや）でお茶が飲める

ようにした。善男善女ばかりではなく、この汲み出しがあっという間になくなる。篤志家は、

「かまいませんよ。また作ります」

と、何度も寄付してくれた。

門からお堂までの石段の両側に植えてある、トクサやハギ、ミヤコワスレなどが法話のたびに少なくなる。踏みつけられてしまうのかと思っていたが、移植ごてとビニール袋を持った女性が、

「よいしょっと」

と、根から掘り起こしているのを見かけた。

「ぎょうさんあるし、もろうて、かめへんやろ。拝観料もタダやし、お茶もタダやし、ここは京都らしうのうて」

目が合ったとたん、にこやかに言われてしまった。

「季節ごとに、ここでいただいて、庭に植えとんよ」

慣れた手つきで、大きなトートバッグから次のビニール袋を出してくる。

「植えてあるんです」と言いたいのをぐっと我慢して、

「あの、苔が傷みますから」

と言ってみた。

「あら、苔のことは考えへんかった」

移植ごてを持った手を止めて、

「苔も生きとったんやな。申し訳ないことでした」

苔に頭を下げてくれた。

初めは観音様の日として、法話は毎月十八日に開いていた。あまりに申し込みが多いので、五日も開くことにしたが、平日の日中なので、参加できるのは、退職後の高齢者と主婦層だった。一九九五年にオウム真理教の地下鉄サリン事件が起きてからは、若い人にも参加してもらえるようにと、毎月第三日曜日の開催となった。

ある時、お堂の係のスタッフが、法話に出ようとしたはあちゃんを寂庵の玄関で止めて、小声で報告した。

「このところ、他の参加者とは違う感じの集団が来るようになって、気にしてたら、『ここは無料やし、トイレもきれいです』って、旗を持ったバスのガイドさんが門前まで案内して、ぞろぞろと行列が入ってきたんです。朝早うから静かに並んで待ってくれるお人もいるのに。どやどやって入って、おしゃべりを大きな声で。どないしましょう」

それからは、事前にはがきで申し込む抽選方式に変わった。

学齢前の孫と参加するおばあちゃん、余命宣告を受けたという若者、ストレッチャーでイルリガートルから点滴をして、医師と複数の看護師が付き添ってきた方もいた。

天台寺

締め切りに追われるはあちゃんに、自称〝小説の弟子〟が、「天台寺を休んで、書くことに専念したほうがええんと違いますか」と幾度となく言った。「あんたには、わかんないのよ」と、そのたびに言い返して、原稿用紙をカバンに放り込み、「飛行機の時間に間に合わない」と青くなっているドライバーに謝りながら、空港までの車に飛び込み、法話に行く生活を続け、復興を成し遂げた天台寺。

はあちゃんは、一九八七年五月五日には、岩手県浄法寺町の天台宗の古刹八葉山天台寺の第七十三世住職として晋山した。第七十一世住職は今春聴、つまり今東光だった。晋山当初、長く住職が不在だった寺は荒廃しており、二十六軒しかない檀家は、かつては天台寺の僧侶で塔頭だった家ばかりだという。

「本堂の仏器が黒光りしているから、さすが、南部鉄器の仏器と思ったんだけど、ちょっと触ったら、黒いすすが手に付いたのよ。すすけてるんだった」

檀家に聞こえないように小さな声で、はあちゃんが言う。

寂れ果てた天台寺を復興するために、毎月青空法話をすることにした。境内に茣蓙を敷いて座ってもらう。三百円の入山料は頂くが、法話は無料だ。本堂の前だけだった聴衆は、幾月も経たないうちに境内いっぱいになり、茣蓙はビニールシートになり、法話は午前と午後の二回になった。最も多い時には、一万五千人の聴衆が集まった。鐘楼の上にも、木の太い枝にも、本堂の縁の下にも、本堂の裏にまでも、人がいっぱいで、警察のテントが張られ、救急車も待機するようになった。

「本堂の裏にも人がいるから、町役場からスピーカーを借りてきた」

と檀家が言う。スピーカーを二十六個付けての法話は、二〇〇五年に住職を退いたあとも続けた。

この青空法話は、岩手県最北の人口六千人の町に、毎月、人口をはるかに超える人を呼んだ。参道に並ぶ山菜や、キノコ、名産の漆器、のっぺ汁や蕎麦、炙り餅などの売店が活況を呈した。荒廃ぶりに心を痛めた参拝客から石灯籠、アジサイ、座布団、長い石段を上り下りするためにと手作りの杖などが寄進されるようになり、寺はみるみる元気になっていった。地元新聞社だけでなく、民放キー局や週刊誌の取材も、毎月やってきた。

「宣伝はしなくても、あたしが動くと、マスコミが付いてきてくれる」

住職の口癖になった。

新しい住職を京都から呼んでくると聞いた檀家は、まだ雪が深く残る三月、はあちゃんを迎える準備をしながら、こう噂したという。

「京都から、年寄りの尼さんが住職で来るんだと」

「賽銭持って帰るんでないか」

「賽銭なんか、入ってねえ。入ってるのは木の葉ばかりだ」

「セトウチジャクチョウって知ってるか？」

「おら、知んねえ」

晋山前は怪しんでいた檀家のみんなも、月一回の大騒動に粉骨砕身動かざるを得なくなり、法話のあと、参拝者が去り、静まり返った境内の掃除が終わると、庫裏の座敷で無礼講の檀家の慰労会が開かれた。そこには、料理自慢の檀家のお母さんたちの手作り料理の大皿が並んだ。

お酒が進み一升瓶がゴロゴロ空いても、檀家は行儀よく、隣の人との距離を保って、座が乱れない。

「庫裏では、一畳に二人しか乗っかっては駄目だ」

厳しい顔で長老が言うので、私は訊いてみた。

「天台寺では、そういう決まりなんですか」

長老は、さらに怖い顔になり、こんな恐ろしいことを言った。

「うんにゃ。根太が腐ってるから、落ちるかもしんね」

晋山した年のある日、はあちゃんが出かけ、檀家が引き揚げたあと、私が数時間一人で庫裏で留守番することになった。

「下に降りて待つか?」

と長老が言う。

「俺の家は、参道の入り口にあって、開けっ放しの縁側から見てれば、はあ、住職が帰ってくればすぐにわかる」

「大丈夫。電話があるかもしれないし。留守番する」

と、私が気楽に言うと、

「そんなら、ラジオは消しちゃならね」

宿直室兼事務所から小さなラジオを持ってきてくれた別の檀家が言う。

「チャンネルは、どこに合わせておけばいい?」

「どこでもいい。クマが来ねえように、大きな音をさせとくんだ」

「クマ、出るの?」

キツネやタヌキならいいが、クマは怖い。

「一昨日も、この裏の畑で、ばあさんが食われた」

ラジオを持ってきてくれた檀家が、こともなげに言う。

「仕留められたら、熊鍋にすっから。うめえぞ」

熊鍋は食べてみたいが、熊に食われてはかなわない。

言われたとおりに、ボリュームを大きくし、心細いなと思っているうちに、日が落ちた。ラジオの音に交じって、ひたひたと勝手口に近づいてくる音がする。玄関に向から廊下の戸をそっと開けて、勝手口を凝視していると、

「ただいま。なんだか大きな音ねえ」

はあちゃんが入ってきた。

初めの何年間かは、夏は数週間、天台寺で過ごすようになった。『源氏』を訳していた頃、檀家の長老となにやら話していたと思ったら、

「お線香と手桶に水も持って付いてきて」

と庫裏の玄関で草履を履きながら言う。後から長老が、

「住職、足元が悪いから、長靴、長靴」

と、下駄箱から新品の白い長靴を出した。

「お墓詣り？」

長老から私に、お線香とマッチを渡されたので尋ねた。

「水は俺が持っていくから」

はあちゃんは、うきうきしたような、驚いたような顔で、

「長慶天皇のものと伝えられている墓があるんだって。南朝第三代天皇。青森の五所川原って長慶天皇の御所があったから、ということなんだって。宮内庁が認めてる陵は嵯峨にあるのよ。嵐電嵯峨駅のすぐそば」

嵯峨には御陵がたくさんある。嵐電の駅前にもあるとは知らなかった。

「へえ、ご縁ですね」

水晶の数珠を持ち直したはあちゃんは、興奮した口調で話し続ける。

「それだけじゃないの。慶長天皇は『源氏物語』の注釈書『仙源抄』を書いてるのよ」

法話の時、人でびっしり埋まる境内は無人で、蟬時雨が響いていた。

「不思議ですね」

人との出会いも、場所との縁も、無関係ではない何かの力が働いているような気がした。霊感はないと公言し、オカルト的なことを信じないはあちゃんが、真面目な顔になって言った。

「呼ばれたのね」

私も、そうとしか思えなかった。

「そうですね」

伝長慶天皇の墓は、庫裏と本堂の間から月山神社に上っていく小道のてっぺんにあった。緑の香りの風が吹き抜ける見晴らしのいい場所だった。石の柵で囲われた四角い墓所に、五輪の石塔を中心にして、小さな墓が並んでいる。

丁寧に掃除をして、お線香をあげ、静かに、しかし熱心にお経を唱え始めたはあちゃんは、

「周りはお付きの武士と、女房たちね」

と、小さな墓を愛おしそうにさすった。

晋山して初めての冬、明け方、廊下が白く光っている。ガラス戸も雨戸も閉めていたが、日の光が二十センチほどの幅で廊下を照らしていた。庫裏の建物がゆがんでいて、きちんとカギはかかるが、隙間だらけで雪が吹き込んで廊下に積もっていたのだった。

参詣者からの浄財に、はあちゃん個人からの寄付を加えて、本堂の屋根を葺き替え、キツネが走り回り半ば朽ちていた外陣、三十人以上乗って入ってはいけないという広縁、庫裏もきれいに修復された。境内の足場を整え、桜や杉の樹木を植え、参道の石段を修繕し、天台寺は見事に復興していった。

法話の日には大型の観光バスがたくさん来るようになり、駐車場が不足して、参道の入り口の廃校になった小学校の校庭を使わせてもらうほどだった。

「お墓参りの人は、法話がない時も、来るでしょ」

檀家にそう説得して、山の西斜面に眺めのいい霊園も造った。

「広告はどうする」

檀家の長老たちは、こんなに造って埋まらなかったらと心配する。

「法話で宣伝する。あたしが広告塔よ」

それでも、半信半疑の様子だった長老たちも、

「寂聴と一緒に眠りましょう」

法話で言うと、法話のあとで、霊園の申し込みにできる行列を見て、安心したようだった。パンフレットには、これがキャッチコピーになった。

「一段高いところに住職の立派な墓を造ったらどうだ」

檀家は口を揃えてそう言ったが、

「みんなと同じがいい」

はあちゃんは譲らなかった。

「じゃ、せめて、最上段の真ん中に」

ということで、そこに決まった。参詣される方々のほかに、古くからの編集者、友人たち、そして井上光晴さんの墓もある。

墓石はすべて同じ形で、刻字が自由に注文できる。「寂」「夢」「希望」「𝄞」、明るい日差しを浴びて、天台寺霊園はいつも楽しげだ。

法話は、三分に一回の笑いをとる、絶妙なトークショーだった。天台寺には、お笑い芸人が笑いの研究にと参加しているほどになっていた。

が、はあちゃんの真骨頂は、法話のあとの人生相談だった。何百人、何千人の中で、泣きながら極めてプライベートな相談をする人たちに、「辛かったね」と語り掛け、時には手を握り、抱きしめ、一緒に涙をこぼしながら、直接話すスタイルだった。

戦争反対

はあちゃんが旅立って三ヵ月目、誰もが想像もしなかった百年前のようなことが起こった。ロシアがウクライナに軍事侵攻したのだ。毎日、テレビで放送される被害を見て、元気だったら、飛んでいきたいと地団駄踏んだだろう。

戦争絶対反対は、書くことをやめない心の強さと同じくらいの強固さで、はあちゃんの精神を貫いていた。それは、先に旅立ってしまった同じ一九二二年生まれの鶴見俊輔さん、ドナルド・キーンさんも同じだった。

戦争中に青春を送り、北京から引き揚げる途次の車窓から、被爆から一年後の長崎、広島の惨状を目の当たりにしたはあちゃんは、戦争反対、反核を貫いた。原子力発電所に対しても反対の立場だった。憲法九条改憲議論が起きると、「京都九条の会」発起人になった。

全集が刊行され始めた二〇〇一年九月十一日、アメリカで同時多発テロ事件が起きた。はあちゃんと別れて帰宅し、テレビに食い入っている母に、私はのんきに言った。

「ただいま。すごい映画だねえ」

「違うよ。これ、いま現在のニュース」

「ええッ」

その時、二機目が隣に突き刺さり、世界貿易センタービルのツインタワーが崩れゆくさまを見た。

ニューヨークでは、はあちゃんの自慢の孫が弁護士をしている。事務所や自宅がどこにあるのか知らなかったが、携帯番号は知っていた。つながらなかった。携帯電話の基地局が、崩れはてた貿易センタービルにあったという。翌日、やっと電話がつながった。

「私は無事。地下鉄から外に出たら、人がたくさん走ってきて、なんだかわからなかったけど、タワーが崩れるのが通りの向こうに見えたんです。うちの事務所、その通りの向かいなんですけど、とても行けなかった。今は、友達の家にいます」

弁護士だけにしっかりと落ち着いた声だった。彼女は、マイノリティのための法律事務所に所属していた。事件後、救助に当たった警察官や消防士たちのために働き、賠償請求や保証の事務が一段落した頃、ニューヨークでは仕事をするのが辛いと、カリフォルニアに一時期移り、サンフランシスコで弁護士活動をしていた。


アメリカは同時多発テロの報復としてアフガニスタンに侵攻した。十二月、はあちゃんは犠牲者の冥福と即時停戦を祈念して断食行をした。

二〇〇二年一月には、イラク戦争即時停戦の意見広告を朝日新聞五段抜きで出した。はあちゃんは、全面広告を出したいと言ったので、朝日新聞広告局に、そう電話をした。担当の人は、すぐに来てくれた。広告料金表を見て、私は絶句し、その料金をはあちゃんに伝えた。

「そんなに貯金がない」

と言うので、

「いくらなら払えますか」

と訊いて、担当者に予算枠を伝えた。担当者は、

「その予算だと、株式の紙面の下になりますが、版下製作費が別にかかります。デザイン料も別

料金です」

　と言った。それ以上、小さな枠では、はあちゃんは納得しなかったから、版下とデザインはこちらでして、データを渡すことで、どうにか出せた広告だった。

教育

敦賀女子短期大学学長

　はあちゃんは、一九六七年に半年間、日本大学藝術学部で「創作論」の講師を務めたことがあった。その三十年後、短大の学長就任の依頼があった。

　一九九八年四月から四年間、福井県立敦賀女子短期大学の学長を務めた。「学長なので、名前だけでいい」と理事会で言われたが、引き受けたからには授業を持たせて欲しいと、毎週水曜日に講義を持っていた。

「いまの学生って、どこでもあんななの？　おしゃべりする子ばっかりで、静かだなと思ったほうを見ると、隣の子の髪の毛編んでたりする」

　と険しい形相で言う。

「ちゃんと聴いてる子もいるでしょう」

と私が軽口を言ったのが災いし、はあちゃんは翌週の講義の初めに言った。

「おしゃべりをすると、聴いている人に迷惑だから、しゃべりたい人は出ていってください」

教室には一人も残らなかった。

無人の教室で講義は毎週続けた。廊下で教室を覗いていた学生たちは、一人、二人と席に戻り、ついには市民も無料で参加するようになった。

「原発稼働に反対なのに、なんで、原発誘致見返りの学校の学長を引き受けたんですか」

怒られるかと思ったが、疑問だったので思い切って聞くと、答えは、

「乗り込まないとわからないことがあると思ったから。おかげで原発見学もできたよ。原発がないと、収入が本当にないんだってわかった」

関西電力関連への就職が、町を支えているのだと、悲しそうに言った。

文学塾塾長

世にまだ出ない才能にも好奇心旺盛で、寂庵では嵯峨野塾、徳島では寂聴塾、徳島塾を開講、後輩の育成も長年にわたって熱心だった。もちろん無償。

参加者が大人ばかりではいけないと、青少年のための寂聴文学塾も二〇〇三年四月から一年間開催した。会場は徳島県立文学書道館だったが、十七年間引きこもりだという青年が、関東から

応募してきた。家から一歩も出られなかった彼は毎月きちんと徳島へ通い、それからは少しずつ社会に出られるようになった。


はあちゃんの収入についてのモットーは、どうやらこうだった。

書くことは生業だから、きちんと報酬を得る。

講演は、主催者の提示する報酬を頂く。

僧侶としての活動と、自発的に行う社会活動は無償、持ち出し。

この三原則で、常にフルパワー、疲労困憊するまで動いた。

講演直前には食事をとらないし、飲み物も極力控えるので、よく脱水症状を起こして、スポーツ飲料水を補給することがあった。徹夜明けに疲れすぎて、移動の列車の中で嘔吐することもたびたびあった。しかし、主催者には一切弱った姿を見せなかった。

「寂聴さんは、いつもお元気ですね」

呆れたように言われると、

「元気という病気なんです」

くしゃくしゃの笑顔で、そう答えるのだった。

徳島県立文学書道館

「作家って、故郷では顕彰されないのよ。小さい時、あんなに出来の悪かった子が、偉そうになんだって」

と、言い続けていたはあちゃんだが、徳島県が造る文学館の一角に「瀬戸内寂聴記念室」を作るという企画を受けて、

「長生きはするもんね。個人でやってる文学館は、長続きが難しい。公立がいいのよ」

と、設計段階から前向きに協力した。

「大正時代の文学と女性文学史なら、徳島に資料が揃ってる、っていうのはどうかしら。古本屋さんにあったのを、根こそぎ買ったような気がするのよ。すごいよ、うちの書庫は。いまはもう古本屋さんにも出ないでしょう」

よその個人文学館とは違う、研究施設としての機能も備えたいという希望があった。

「いいんですか。また、書きたいと思った時に、資料が手元にないと困りませんか」

私が心配すると、はあちゃんはけろりとして、こう言った。

「徳島に行けば、あるんだからいいじゃない」

「見る文学館だけじゃなくて、研究者のためっていうのは、どうしてですか」

という私の疑問への答えは、覚悟が決まったものだった。

「流行作家を見てごらん。死んだら三年で本屋さんの棚に一冊もなくなるのよ。あたしのことなんか、すぐに皆が忘れるから寂聴記念室なんて閑古鳥になるけど、いい資料が揃っていれば、文学館に研究する人が来るでしょう」

将来にわたっての運営まで考えてのことだった。

評伝小説を書くために集めた膨大な資料と書籍を、全部寄贈すると言う。

このリストアップと荷造りが、新たな私の仕事になった。四トントラック何台もで、重い段ボール箱を運び出したあと、寂庵の書庫はガラガラになった。

文学と書道が一緒の珍しいこの施設の開館は二〇〇二年十月。はあちゃんは二〇〇四年四月から十年間、二代目の館長を務めた。

今度はいけない気がする　二〇二一年

小説を書く以外では、なにより人が好き。たくさんの花が好き、大勢の人たちと話すのが好き、お酒の席が好き、というはあちゃんにとって、入退院の繰り返しの晩年の最後がコロナ禍によって、人と会う機会が激減したことは寂しく辛いものだった。

九十九歳と八十八歳の従姉妹は、よく電話で話していた。はあちゃんの携帯電話が不在着信で

続くと、母は、

「また入院しちゃったのかな」

寂庵に電話をしていたが、十月のある日、

「また入院してるんだって。肺炎だって。病院の食事がまずいって」

「携帯で話せたんだ」

「はあちゃんから、かかってきた」

これはいつの入院も同じで、減塩高たんぱく低カロリーの病院食が、口に合わないのは当然のことだ。

「でもね、気が弱くなってる。今度は駄目かもしれない。いけない気がするって」

母が病人のように力のない声になっている。

「そりゃ、心配だ。お見舞い、行かなきゃ」

わざと、大きな声で私が言うと、

「でも、病院、入れてくれないでしょ」

都内の病院は、新型コロナウイルス感染症拡大予防のために、どこも見舞客は断っていた時だった。

「ホームページで調べるね、病院は京都府立医大なの、それとも日赤？」

尋ねる私に母は、不安そうに、

「そうじゃない、違うって言うの」

「じゃ、心臓の手術したとこか」

私が秘書を辞したあと、九十歳を過ぎてから、脊椎管狭窄症、胆嚢がん、膝関節症、心臓の閉塞性動脈硬化症と、入院と手術続きになっていた。

「違う、膝の手術したとこだって」

整形外科が得意な市中の第二次病院だった。

「え、肺炎なんでしょ」

聞き違いかと思ったが、母はメモを見ながら言った。

「そうだって」

病院のホームページで確認すると、案の定、見舞いは許可されていなかった。

「電話はできるから、毎日かける」

母は心配でたまらない様子だ。翌日、

「はあちゃんが、明日、退院するって言うから、寂庵に、明後日電話するねって言っといた」

少し笑顔が戻った母が言った。

「よかった。重症じゃないんだ」

私も、少し安心できた。

コロナ禍で、不要不急の移動は控えるようにと言われていたが、この頃は少し感染拡大が落ち着いていた。

「いま、会っておかないと、会えなくなるような気がする」

出不精の母が、真剣な顔で言った。

「今日は日曜日だから、手続きができる月曜日に退院なんだね。明後日、電話じゃなくて、寂庵に行こうよ」

母は、寂庵に電話した。

「明日、退院ですってね」

「聞いてませんけど。いまから病院へ行くんで確かめてきますね」

結局、退院はできず、寂庵へのお見舞いもなくなった。

その週の金曜日の夕方の携帯電話の「寂聴」の着信に、私が気付いたのは土曜日の朝だった。

「何か御用?」

折り返すと、寂庵のスタッフが出た。

「よくないんです。皆さんにご連絡していて」

「すぐ行くね」

「そうしてください」

母と出かける用意をしていると、はあちゃんの娘の幸子さんから電話があった。

「すぐ来ていただいても、いっぺんに会える人数が限られてるから、月曜の朝の十一時にしてくださらない？」

母が、

「今日じゃ駄目かしら」

「うーんと、スケジュール表を見るから、ちょっと待って」

「スケジュール表って何？」

「お見舞いの順番。空いてるのは、ええっと、じゃあ、四時で」

ともかく京都で待とうと、家を出ようとした時に、

「病院から面会は、できないと断られたので来ないで」

幸子さんだった。

それきり連絡はなく、状況がわからないので、翌日曜日に病棟のナースステーションに電話をかけた。担当の看護師さんが、明るく、

「瀬戸内さん、電話はつなげませんけれど、意思の疎通はできますよ。お電話があったこと、お伝えしますね」

「瀬戸内は、ファクスを送ったら、読める状態でしょうか」

耳が相当聞こえにくくなっている。この看護師さんの高いきれいな声はきちんと聞こえないだろう。

「ええ、読めますよ。そのほうがよろしいですね。ファクス番号、言いますね」

ファクスを送信して、しばらくしてから、またナースステーションに電話した。

「お届けしましたよ。お読みになりました」

そんなに悪くないのだと、安心して電話を切った。

月曜日の朝、病院に電話すると、交換台から、

「瀬戸内さんという方は、ご入院されていません」

と言われて、電話が切られた。寂庵の電話も、幸子さんの携帯電話も誰も出なかった。

火曜日の午前十時過ぎに、幸子さんから電話があった。

「おかあさん、どうですか」

と言う私の問いへの返事は、

「亡くなりました。三時過ぎに病院から連絡があって、少しは持ち直して、駆け付けた皆の顔は、わかってくれたんですけれど、六時三分に亡くなりました。誰にも言ってないの。目立たないように来てください」

すぐに寂庵へ向かった。近くの曼荼羅橋を渡ると、寂庵へ曲がる角に、カメラがずらりと並び、二、三十人のマスコミが集まっている。

十一年前に秘書を辞めた私の携帯は、新幹線の中から鳴り続けていた。

京都駅で、着信記録の中から、親しい元新聞記者に折り返した。彼女はいきなり、

「寂聴さんが亡くなったって、本当なの？　それだけ確認したい」

「なんで私なの」

寂聴秘書を退職して十一年以上経っていた。

「他からもかかってるでしょ」

「すごいよ」

着信履歴の番号は、瀬戸内番の編集者たち、瀬戸内行きつけのホテルや店、親しい知人たち、それに登録のない知らないものもたくさんあった。

「寂庵も秘書の携帯も電源が切られてるのよ」

「そうなんだ」

こんな時に電源を切るとは、寂庵で、いったい何が起こっているのだろう。

「教えて。玲子さん、私、現役の後輩に頼まれてるんだ」

幸子さんは「誰にも言わない」と言っていたから、うかつには返事ができない。

「どこから出た情報なの」

「朝日新聞よ」

誰にも言っていないはずが、すでに情報が流れていた。朝日新聞には連載をしていたからだろうか。

大きなカバンは駅のコインロッカーに預けて、タクシーに乗り、寂庵の曲がる角を行き過ぎて次の角で降りた。母と娘の散歩のような普段着で、マスコミの前を通り、寂庵のチャイムを押す。気付いた記者が駆け寄ってきたが、私たちが勝手口に入ったほうが早かった。

昔、浄瑠璃の人形が飾られていた寂庵の真ん中の小さな和室が、晩年のはあちゃんの寝室になっていた。そこに置かれた介護ベッドに、ふっくらとして穏やかなはあちゃんが眠っていた。透析の相談をしていたというが、むくんだ様子はなく、一年に百八回の講演をこなしていた七十代の顔だった。

取材は一切断った幸子ちゃんの意向を汲んで、十一月十一日のお通夜と、十二日の家族葬に集まった誰もが、カメラを取り出すことはなかった。お通夜も、葬儀も、導師は杉谷義純大僧正、脇導師は菅野澄順大僧正。寂庵の嵯峨野僧伽での、小さな式だった。二人の大僧正は、四十九年前の中尊寺での得度式にも多くの僧侶と連なっていた。得度式で教授師を務めた杉谷義純さんは、二〇一七年に妙法院門跡門主となっていた。菅野澄順さんは寂聴の次の天台寺七十四世住職だ。

六十代の頃から「あたしのお棺を担ぐ人」をはあちゃんは決めていた。担当編集者やカメラマンなど特に親しい、それも「いい男」たち六人だった。すっかり暗くなった午後六時の出棺の時、その中の一人が参列していた。

「僕のほかは皆、先に逝っちゃったね。向こうで待ってるでしょう」

参列者の中に、五人の男たちがいた。彼らは、お棺を担ぐつもりで待機していたが、はあちゃんのお棺は、葬儀社の係員によってさっさとお堂から担ぎ出されて、石段を下り、霊柩車へと運ばれてしまった。

その日の朝、

「斎場は、コロナ感染拡大防止のために十人しか入れないの。あと一人なんだけどどうなさる?」

と幸子ちゃんから言われた。私は、前夜の通夜の席に参列した顔ぶれから、お骨上げに行くべき人を数えた。幸子ちゃんとその息子、はあちゃんの孫だ。一人だけ存命しているはあちゃんの甥は歩行が困難なので、介助の家族が二人付き添う。瀬戸内仏具店の亡くなった甥の息子と娘。導師、脇導師。母・恭子は従妹だし、八十八歳の母を一人では行かせられないから、

「うちは、ご遠慮するわ」

と、私は返事した。

しかし、案に相違して、甥一家三人と、脇導師は寂庵に残り、斎場への車に乗り込んだのは、寂庵スタッフ四人だった。私たちは最後のお別れができていない。

十二月二十一日妙法院門跡宸殿にて、本葬儀が執り行われた。大導師妙法院門跡義純大僧正、七人の僧侶による荘厳な式だった。居並ぶ天台宗および各宗派の高僧の方々、細川護熙元総理、千玄室氏、西脇隆俊京都府知事、門川大作京都市長など参列者は錚々たる面々だった。

祭壇の大きな写真と、居並ぶ報道陣がいなければ、平安時代そのままの様式の、天台声明が響き渡る式は、八葉山天台寺名誉住職、延暦寺一山禅光坊住職としてふさわしく、祭壇の写真のはあちゃんが、少し照れて首をすくめ、燁文心院大僧正寂聴大法尼に昇華していっているように見えた。

二〇二二年七月二十六日、帝国ホテル富士の間で「瀬戸内寂聴さん　お別れの会」が版元十四社を発起人として開かれ、会場には献花の間、『源氏物語』現代語訳を終えた元気な頃の映像が流れていた。司会の有働由美子さんをはじめ親しかった皆さんが、それぞれの思い出を交えて温かいお別れの言葉を述べられた。

亡くなる半年前に、寂庵で対談をした林真理子さん。

幾度も寂庵で人生相談をした南果歩さん。

嵯峨野の別宅のいろり開きで、シェフの白衣を着て、どぶ鍋を作った島田雅彦さん。

憲法九条の会で共闘した加藤登紀子さん。

井上荒野さん原作の映画『あちらにいる鬼』で「長内みはる」役の寺島しのぶさん。

中央公論社の編集者時代から長い親交があり、反戦、反原発などで座り込みやハンストを一緒にした澤地久枝さん。

父である阿川弘之さんからの交流があり、テレビ番組のキャスターとして直言を受けたという阿川佐和子さん。

会場では最も古くからの付き合いの編集者、小学館名誉顧問の白井勝也さん。

「孫のようね」と家族ぐるみで交流し、島田雅彦さんのどぶ鍋を一緒につついた平野啓一郎さん。

文藝春秋の担当編集者だった頃から仲がよかった江國滋さんの娘であり、フェミナ賞の最初の受賞者でもある江國香織さん。

最後には、寂聴連の六人が祭壇の前で阿波踊を踊った。かつて、徳島の桟敷の前を、横尾忠則さんデザインの浴衣で一緒に踊った編集者たちの顔も、会場には散見された。いつも連を率いて一番楽しそうに踊るはあちゃんがいない。

コロナ禍のため、三百人と限定しての会はマスク着用が徹底して、知人を見つけても目礼を交わすばかり。にぎやかなイベントが大好きだったはあちゃんには寂しかったかもしれない。

遷化した翌日、寂庵の介護用ベッドに眠っていたはあちゃんは、すぐにでも目を開きそうだった。

四十二日後の妙法院では、式が進むにつれて、祭壇の大きな写真が、はあちゃんの笑顔ではなく、静かに、ただの印画紙になっていった。

二百五十九日後の、帝国ホテルでのお別れの会では、懐かしい人たちの間の、どこにもはあちゃんはいなかった。


流行作家として全盛期、熱い恋愛も真っ最中、健康で、何不自由ない毎日を送っていた五十一歳の時の出家は、なぜだったのか。

何度聞いても、答えは、

「わからない」

だった。

ただ、「馴れる」ことを恐れ、拒んでいたはあちゃんが、「小説の書き方のテクニック」に馴れたと自覚して、新しい自分の小説のスタイルを得るために、それまで確立した小説の技術や、贅沢な生活をそぎ落とすように、すべてを、すっぱりと捨てようとしたのではないかと思う。

得度式とはお葬式でもあるという。出家、得度すれば、それまでのはあちゃんは死に、新しく寂聴が誕生する。寂聴が、新しい小説を書き続けようと思ったのではないかと、私は思う。

瀬戸内晴美・瀬戸内寂聴　著作リスト

無印……小説　◇……随筆　◆……対談
※対談以外は単著・単行本のみ

1957年
『白い手袋の記憶』　朋文社

1958年
『花芯』三笠書房

1959年
◇『恋愛獲得講座』和同出版社
『迷える女』小壺天書房
『恋愛学校』東方社

1960年
『その終りから』浪速書房

1961年
『田村俊子』文藝春秋新社
◇『愛の素顔　結婚生活のすべて』徳間書店

1963年
『夏の終り』新潮社
『ブルーダイヤモンド』講談社
『女徳』新潮社

1964年
『女の海』圭文館
『女箸』東方社
『妬心』新潮社
『花野』文藝春秋新社
『女優』新潮社

1965年
『輪舞』講談社
『かの子撩乱』講談社
『妻たち』（上・下）新潮社
◇『道』文化服装学院出版局

1966年
『美は乱調にあり』文藝春秋
『誘惑者』講談社
『美少年』東方社

『愛にはじまる』中央公論社
『煩悩夢幻』新潮社
『朝な朝な』講談社

1967年
『燃えながら』講談社
『死せる湖』文藝春秋
『黄金の鋲』新潮社
『鬼の栖』河出書房
◇『一筋の道』文藝春秋
『火の蛇』講談社

1968年
『情婦たち』新潮社
◇『愛の倫理』青春出版社
『夜の会話』文藝春秋
『彼女の夫たち』講談社
『祇園女御』講談社
『あなたにだけ』サンケイ新聞社出版局

1969年
『妻と女の間』（上・下）毎日新聞社
『お蝶夫人　小説三浦環』講談社
『蘭を焼く』講談社

『奈落に踊る』文藝春秋

1970年
『遠い声』新潮社

1971年
『薔薇館』講談社
『おだやかな部屋』河出書房新社
『恋川』毎日新聞社
『ゆきてかえらぬ』文藝春秋
『純愛』講談社
『輪環』文藝春秋

1972年
◇『放浪について』講談社
『みじかい旅』文藝春秋
『余白の春』中央公論社
『美女伝』講談社
『京まんだら』（上・下）講談社

1973年
『とわずがたり』（現代語訳）河出書房新社
『中世炎上』朝日新聞社
◇『ひとりでも生きられる　いのちを愛にかけようとする

とき』青春出版社

1974年
『いずこより』筑摩書房
◆『談　談　談』大和書房
『吊橋のある駅』河出書房新社
『終りの旅』平凡社
『色徳』（上・下）新潮社
『抱擁』文藝春秋
◇『見知らぬ人へ』創樹社

1975年
◇『見出される時』創樹社
戯曲『かの子撩乱　戯曲四幕』冬樹社
◇『山河漂泊』平凡社
◇『遠い風近い風』朝日新聞社
『蜜と毒』講談社

1976年
『幻花』（上・下）河出書房新社
『冬の樹』中央公論社

1977年
◇『嵯峨野より』講談社

1978年
『祇園の男』文藝春秋
『まどう』（上・下）新潮社
◇『かの子撩乱その後』冬樹社
◆『生きるということ』皓星社
『草宴』講談社

1979年
『花火』作品社
◇『有縁の人』創林社
◇『風のたより』海竜社
◇『古都旅情』平凡社
『比叡』新潮社

1980年
『花情』文藝春秋
『こころ』（上・下）講談社
『小さい僧の物語　地蔵説話』平凡社
『幸福』講談社
◇『寂庵浄福』文化出版局
◇『嵯峨野日記』（上・下）新潮社

1981年
◇『瀬戸内晴美による瀬戸内晴美』青銅社

◇『ブッダと女の物語』講談社
◇『伝教大師巡礼』講談社

1982年
◇『私の好きな古典の女たち』福武書店
◇『寂聴巡礼』平凡社
◇『インド夢幻』朝日新聞社
『愛の時代』（上・下）講談社

1983年
◇『印度・乾陀羅　美と愛の旅1』講談社
◇『敦煌・西蔵・洛陽　美と愛の旅2』講談社
◇『愛と祈りを』小学館
◆『すばらしき女たち　瀬戸内晴美対談集』中央公論社
◇『人なつかしき』筑摩書房

1984年
◆『あざやかな女たち　瀬戸内晴美対談集』中央公論社
『諧調は偽りなり』（上・下）文藝春秋
『ここ過ぎて　白秋と三人の妻』新潮社
『青鞜』（上・下）中央公論社

1985年
『私小説』集英社

◇『寂庵説法』講談社
『ぱんたらい』福武書店

1986年
◇『幸福と不安のカクテル』大和書房
◇『寂庵だより』海竜社
『風のない日々』新潮社
◆『瀬戸内寂聴と男たち』中央公論社
◇『いのち華やぐ』講談社

1987年
『私の京都　小説の旅』海竜社
◇『愛と別れ　世界の小説のヒロインたち』講談社

1988年
◇『愛の四季』角川書店
◇『新寂庵説法　愛なくば』講談社
『家族物語』（上・下）講談社
◇『寂聴般若心経　生きるとは』中央公論社
『女人源氏物語』全5巻～1989年　小学館

1989年
『生死長夜』講談社
◇『寂聴　写経のすすめ』法蔵館

◇『わたしの源氏物語』小学館
◇『寂聴天台寺好日』文化出版局
◇『寂庵こよみ』中央公論社
◇『寂聴愛のたより』海竜社
『あふれるもの　瀬戸内寂聴自選短篇集』學藝書林

1990年
◇『源氏物語』（古典の旅④）講談社
◇『寂聴観音経　愛とは』中央公論社
◇『わが性と生』新潮社

1991年
『手毬』新潮社
◇『寂聴つれづれ草子』朝日新聞社
◇『生きるよろこび　寂聴随想』講談社
◇『孤独を生ききる』光文社
◇『寂聴イラクをゆく　殺スナカレ殺サセルナカレ』スピーチバルーン

1992年
『花に問え』中央公論社
◇『あきらめない人生　寂聴茶話』小学館
◇『人が好き　私の履歴書』日本経済新聞社
◇『愛のまわりに』小学館

『源氏物語』（上・下）少年少女古典文学館⑤⑥　講談社

1993年
『渇く』日本放送出版協会
◇『源氏に愛された女たち』講談社
◇『寂庵まんだら』中央公論社
◇『寂聴生きる知恵　法句経を読む』海竜社
◆『十人一色「源氏」はおもしろい　寂聴対談』小学館

1994年
◇『寂聴古寺巡礼』平凡社
『草筏』中央公論社
◇『歩く源氏物語』（古典の旅④改訂）講談社
『愛死』（上・下）講談社
◇『寂聴日めくり』中央公論社

1995年
◇『道堂々』日本放送出版協会
◇『恋の旅路』稲越功一写真　朝日出版社
『白道』講談社
◇『与える愛に生きて　先達の教え』小学館

1996年
◇『寂聴草子』中央公論社
◇『いのち発見』講談社
◇『わたしの宇野千代』中央公論社
◇『わたしの樋口一葉』小学館
◇『無常を生きる 寂聴随想』講談社
◇『現代語訳　源氏物語』（巻一～巻十）～1998年　講談社

1997年
『つれなかりせばなかなかに　妻をめぐる文豪と詩人の恋の葛藤』中央公論社
◇『私の京都案内　小説の旅』講談社
『孤高の人』筑摩書房
◇『源氏物語の女性たち』日本放送出版協会
◆『生きた書いた愛した 対談・日本文学よもやま話』新潮社

1998年
◇『寂聴おしゃべり草子』中央公論社
◇『寂聴ほとけ径　私の好きな寺』（正・続）マガジンハウス
◆『わかれば『源氏』はおもしろい　寂聴対談集』講談社

1999年
『いよよ華やぐ』（上・下）新潮社
『寂聴　今昔物語』中央公論新社
◇『さよなら世紀末』中央公論新社
◇『あした見る夢』朝日新聞社

2000年
『髪』新潮社
◇『源氏物語の脇役たち』岩波書店
◇『人生道しるべ　寂聴相談室』文化出版局
◇『寂聴　美の宴』小学館

2001年
『場所』新潮社
◇『残されている希望』日本放送出版協会

2002年
◇『寂聴さんと巡る四国花遍路』文化出版局
◇『かきおき草子』新潮社
◆『いま、いい男　瀬戸内寂聴対談集』ぴあ
◇『釈迦と女とこの世の苦』日本放送出版協会
◇『寂聴生きいき帖』祥伝社
『釈迦』新潮社
◇『瀬戸内寂聴の人生相談』日本放送出版協会

2003年
戯曲『瀬戸内寂聴の新作能　蛇・夢浮橋』集英社
◇『寂聴の古寺礼讃』講談社
◇『愛する能力』講談社
『藤壺』講談社
◇『真夜中の独りごと』新潮社

2005年
◇『命のことば』講談社
◇『生きる智慧　死ぬ智慧』新潮社
◇『すらすら読める源氏物語』（上・中・下）講談社
◇『美しいお経』嶋中書店

2006年
『おにぎり食べたお地蔵さん』祥伝社
◇『愛と救いの観音経』嶋中書店
◇『寂聴と巡る京都』集英社インターナショナル
◇『寂聴さんがゆく　瀬戸内寂聴の世界』平凡社

2007年
『秘花』新潮社
◇『生きることは愛すること　愛する若いあなたへ』講談社
◇『9歳から99歳までの絵本般若心経』講談社

寂聴おはなし絵本『幸せさがし』講談社
寂聴おはなし絵本『月のうさぎ』講談社
◇『寂聴訳絵解き般若心経』朝日出版社
寂聴おはなし絵本『針つくりの花むこさん』講談社
◇『老春も愉し　続・晴美と寂聴のすべて』集英社
寂聴おはなし絵本『おばあさんの馬』講談社

2008年
◇『老いを照らす』朝日新聞社
◇『遺したい言葉』日本放送出版協会
◇『奇縁まんだら』（横尾忠則画）日本経済新聞出版社
◇『いま、釈迦のことば』朝日新聞出版
◇『源氏物語の男君たち』日本放送出版協会
◇『源氏物語の女君たち』日本放送出版協会
『あしたの虹』（ぱーぷる名義）毎日新聞社
◇『寂聴と読む源氏物語』講談社

2009年
◇『奇縁まんだら　続』（横尾忠則画）日本経済新聞出版社
◇『寂聴　幸運の鍵』毎日新聞社
戯曲『モラエス恋遍路』実業之日本社
◇『わたしの蜻蛉日記』集英社

２０１０年
◆『寂聴・生き方見本』扶桑社
◇『奇縁まんだら　続の二』（横尾忠則画）日本経済新聞出版社

２０１１年
◇『奇縁まんだら　終り』（横尾忠則画）日本経済新聞出版社
『風景』角川学芸出版

２０１２年
◇『道しるべ』15歳の寺子屋 講談社
◇『烈しい生と美しい死を』新潮社
『月の輪草子』講談社

２０１３年
『切に生きる』扶桑社
◇『それでも人は生きていく　冤罪・連合赤軍・オウム・反戦・反核』皓星社
『爛』新潮社

２０１４年
『死に支度』講談社
◆『寂聴まんだら対談』講談社
◆『死ぬってどういうことですか？　今を生きるための9の対論』ＫＡＤＯＫＡＷＡ

２０１５年
『わかれ』新潮社

２０１６年
『求愛』集英社
◇『老いも病も受け入れよう』新潮社

２０１７年
『句集　ひとり』深夜叢書社
◇『生きてこそ』新潮社
◇『あなただけじゃないんです』自由国民社
『青い花　瀬戸内寂聴少女小説集』小学館
『いのち』講談社

２０１８年
◇『花のいのち』講談社

2019年

◇『命あれば』新潮社

◇『97歳の悩み相談』（17歳の特別教室）講談社

◇『寂聴　九十七歳の遺言』朝日新聞出版

2020年

◇『笑って生ききる』中央公論新社

◇『寂聴　残された日々』朝日新聞出版

2021年

◇『寂聴　残された日々』（絶筆）完全版　朝日新聞出版

2022年

◇『その日まで』講談社

◇『遺す言葉「寂庵だより」2017－2008年より』祥伝社

◇『今日を楽しく生きる「寂庵だより」2007－1998年より』祥伝社

◇◆『99年、ありのままに生きて』中央公論新社

◇『捨てることから始まる「寂庵だより」1997－1987年より』祥伝社

◇『私解説　ペン一本で生きてきた』新潮社『あこがれ』新潮社

長尾玲子（ながお・れいこ）

大学在学中より、ライター、編集者など。速記事務所を経て、2010年まで瀬戸内寂聴秘書。2011年より2021年まで公益社団法人日本文藝家協会・著作権管理部長。瀬戸内寂聴は母の従姉。

寂庵門前　有明の月　1991年1月、
瀬戸内寂聴と著者

「出家」寂聴になった日

二〇二二年十一月九日　初版第一刷発行

著　者　長尾玲子

発行人　杉岡　中
発行所　株式会社　百年舎
〒一四一―〇〇三一
東京都品川区西五反田二―一三―一
電話　〇三―六四二一―七九〇〇

印刷・製本　藤原印刷株式会社

乱丁・落丁本はお取替えいたします。

ISBN 978-4-9912039-1-6